文春文庫

騙《かた》り屋《や》

新・秋山久蔵御用控（二）

藤井邦夫

文藝春秋

目次

おもな登場人物

秋山久蔵　南町奉行所吟味方与力。〝剃刀久蔵〟と称され、悪人たちに恐れられている。心形刀流の遣い手。普段は温和な人物だが、悪党に対しては情け無用の冷酷さを秘めている。

神崎和馬　南町奉行所定町廻り同心。久蔵の部下。

香織　久蔵の後添え。亡き先妻・雪乃の腹違いの妹。

大助　久蔵の嫡男。元服前で学問所に通う。

小春　久蔵の長女。

与平　親の代からの秋山家の奉公人。女房のお福を亡くし、いまは隠居。

太市　秋山家の奉公人。おふみを嫁にもらう。

おふみ　秋山家の女中。ある事件に巻き込まれた後、九年前から秋山家に奉公するようになる。

百合江　和馬の妻。

幸吉　〝柳橋の親分〟と呼ばれた弥平次の跡を継ぎ、久蔵から手札をもらう岡っ引。

お糸　隠居した弥平次の養女で、幸吉を婿に迎えて船宿『笹舟』の女将となった。息子は平次。

弥平次　女房のおまきとともに、向島の隠居家に暮らす。

勇次　元船頭の下っ引。

雲海坊　幸吉の古くからの朋輩で、手先として働く托鉢坊主。ほかの仲間に、しゃぼん玉売りの由松、蕎麦職人見習いの清吉、風車売りの新八がいる。

長八　弥平次のかつての手先。いまは蕎麦屋『藪十』を営む。

騙り屋

新・秋山久蔵御用控（二）

第一話

騙り屋

一

隅田川は滔々《とうとう》と流れていた。

向島の堤の桜は栄華の時も過ぎ、緑の葉を川風に揺らしていた。

弥平次《やへいじ》は、遊びに来た孫の平次《へいじ》を連れて土手に連なる寺や神社の散策を楽しみ、長命寺《ちょうめいじ》門前の茶店に向かった。

「桜餅、頂戴……」

平次は茶店に駆込み、老亭主に叫んで縁台に腰掛けた。

「騒がすね。桜餅と茶を貰おうか……」

弥平次は、茶店の老亭主に注文した。

「あいよ。平ちゃん、祖父ちゃん、優しいな」

老亭主は笑った。

「うん。おいら、祖父ちゃん、大好きだ」

平次は、元気良く頷《うなず》いた。

「可愛いもんだ」

老亭主は、弥平次に笑い掛けた。

「う、うん。まあな……」

弥平次は相好《そうごう》を崩した。

平次は、運ばれて来た桜餅を頬張った。

「美味《うま》いか……」

「うん。美味い……」

平次は頷き、美味そうに桜餅を食べた。

孫ってのは可愛いもんだ……。

弥平次は、茶を飲みながら桜餅を食べる平次に眼を細めた。

呉服屋の隠居の彦右衛門《ひこえもん》が、縞の半纏《はんてん》を着た若い男と脇の道から出て来た。

「じゃあ御隠居さん、確かに……」

若い男は懐を叩き、彦右衛門に笑顔を向けた。

「はい。何分にも宜しくお願いします」

彦右衛門は、若い男に頭を下げた。

「畏《かしこ》まりました。じゃあ、御免なすって……」

若い男は縞の半纏を翻《ひるがえ》し、土手道を足早に吾妻橋《あづまばし》に向かった。

彦右衛門は、頭を下げて見送った。

玄人でも素人でもない半端な野郎……。

弥平次は、縞の半纏を翻して立ち去って行く若い男をそう見た。

「どうしたんです、彦右衛門さん……」

茶店の老亭主は尋ねた。

「ああ、ちょいとね。ま、茶でも貰おうか」

彦右衛門は、吐息を洩らして弥平次の隣に腰掛けた。

彦右衛門は、上野元黒門町《もとくろもんちょう》の呉服屋『丸大屋《まるだいや》』の隠居であり、長命寺の横手の隠居所で老妻や下男と暮らしていた。

弥平次とは隠居仲間として、時々碁や将棋を楽しんでいた。

「今の若いの、誰ですかい……」

弥平次は、彦右衛門に訊いた。

「えっ、ええ。孫の彦七《ひこしち》と親しくしている人でね。彦七の事でちょいとね」

彦右衛門は、云い難《にく》そうに言葉を濁した。

「へえ、孫の彦七さんのねえ……」

弥平次は、彦右衛門の孫の彦七が遊びたい盛りの二十歳前なのを思い出した。

「ええ。良いねえ。親分の処の孫は可愛い盛りで……」

彦右衛門は、桜餅を食べている五歳の平次を羨ましげに見た。

「彦七さん、何かあったんですかい……」

「そいつが、隠居したとは云え元岡っ引の大親分には云い難い事でね」

彦右衛門は、心配げに白髪眉をひそめた。

「博奕《ばくち》ですかい……」

弥平次は、縞の半纏を着た若い男が博奕に拘《かか》わっていると読んだ。

「ええ。実はね、親分。彦七が谷中《やなか》の賭場《とば》で二十両もの借金を作り、博奕打ちに厳しく取立てられ、下手をしたら簀巻《すまき》にされると。父親に云ったら怒られ、勘当されるので、祖父ちゃん何とかしてくれと手紙を寄越しましてね。それで、手紙を持って来た今の若い衆に二十両をね……」

彦右衛門は、吐息混じりに告げた。

「渡したんですか……」

弥平次は眉をひそめた。

「ええ。十九、二十歳になっても孫は孫。可愛いし、何かあったらと思ってね」

彦右衛門は、心配げに茶を啜《すす》った。

「彦右衛門さん、彦七さんの手紙ってのは……」

「ありますよ……」

手紙には、金釘流《かなくぎりゅう》の平仮名で己の窮状が書かれ、最後に『彦じいちゃんへ、彦七』と記されていた。

「こいつは、彦七さんの字に間違いありませんかい……」

「彦七の字……」

彦右衛門は戸惑った。

「ええ……」

「さあ、そう云われてみると、彦七の字がどんな字か覚えちゃあいないが、此は未だ未だ帳簿付けの出来る字じゃあないな」

彦右衛門は眉をひそめた。

騙《かた》り……。

弥平次の勘が囁《ささや》いた。

「彦右衛門さん、ちょいと元黒門町の店に人を走らせて、孫の彦七さんがどうしているか調べた方が良いかもしれないよ」

弥平次は勧めた。

「親分……」

彦右衛門は戸惑った。

「ひょっとしたら、此奴《こいつ》は騙りかも……」

弥平次は読んだ。

「騙り……」

彦右衛門は驚いた。

「ええ……」

弥平次は、厳しい面持ちで告げた。

「桜餅、もう一つ……」

平次は、茶店の老亭主に小さな手の人差指を一本立てた。

「それで、どうだったんですか……」

岡っ引の柳橋の幸吉《こうきち》は、一人息子の平次を迎えに来ていた。

「上野元黒門町の呉服屋丸大屋に孫の彦七はいてね。彦右衛門さんにそんな手紙を書いた覚えはないと云ったそうだ」

弥平次は、厳しさを滲ませた。

「じゃあ、やはりお父っつぁんの睨《にら》み通り、騙りでしたかい……」

幸吉は眉をひそめた。

「ああ。孫が可愛くて仕方がねえ祖父さんや祖母さんの弱味を衝いた騙りだよ」

弥平次は苦笑した。

「成る程、可愛い孫に何かあっちゃあ可哀想だと、直ぐに金を出しますか……」

幸吉は読んだ。

「ああ……」

弥平次は頷いた。

「お前さんも気を付けなきゃあね」

弥平次の女房のおまきは、平次に着替えをさせながら笑った。

「何を云っていやがる。俺は大丈夫だ」

弥平次は云い返した。

「さあ、そう云う祖父さんに限って危ないんだよね。平ちゃん、大きくなっても博奕なんかしちゃあ、駄目だよ」

「うん……」

平次は、おまきの言葉に大きく頷いた。

「良い子だね。平ちゃんは……」

おまきは、楽しげに笑った。

「幸吉、子供や孫を出しに使って祖父さんや祖母さんを相手にする騙りは、他にもあるかもしれない。秋山《あきやま》さまや和馬《かずま》の旦那に云ってちょいと調べてみるんだな」

弥平次は告げた。

「承知しました」

幸吉は頷いた。

「大女将《おかみ》さん、平ちゃんの洗った着替え、昨日迄の物は乾きました」

小女のおたまが、平次の洗った着替えを風呂敷に包んで差し出した。

「御苦労さん。さあ、幸吉……」

おまきは、風呂敷包みを幸吉に差し出した。

「はい。平次がいつもお世話になって、ありがとうございます」

「何云ってんの。こっちこそ楽しませて貰っているんだよ。それに、いろいろお土産を貰って。お糸《いと》に宜しく云っておくれ」

「はい。じゃあ平次、祖父ちゃんと祖母ちゃんに又来ますってな」

「うん。祖父ちゃん祖母ちゃん、又来るよ」

平次は、元気良く告げた。

「ああ。いつでもお出で……」

「待っているよ」

弥平次とおまきは、眼を細めた。

「じゃあ、お父っつぁん、おっ母さん……」

幸吉は、弥平次とおまきに深々と頭を下げて挨拶《あいさつ》をした。

「ああ。幸吉、お糸と平次の為にも身体に気を付けるんだよ」

「はい……」

「幸吉、何事も秋山さまと和馬の旦那に相談してな。無理するんじゃあないぞ」

「はい。じゃあ御免なすって……」

幸吉は、平次と手を繋ぎ、風呂敷包みを抱えて柳橋の船宿『笹舟《ささぶね》』に帰って行った。

弥平次とおまきは、隅田川を吹き抜ける夕暮れの風に吹かれていつまでも見送った。


「ほう。孫を出しに使った祖父さん祖母さん相手の騙りか……」

南町奉行所吟味方与力《ぎんみがたよりき》の秋山久蔵《きゅうぞう》は眉をひそめた。

「はい……」

幸吉は頷いた。

「その騙り、上野元黒門町の呉服屋丸大屋の内情を知っている奴だな」

南町奉行所定町廻《じょうまちまわ》り同心の神崎《かんざき》和馬は読んだ。

「ええ。若旦那の彦七が飲む打つ買うの遊び人で、向島に住んでいる祖父さんの彦右衛門さんが目の中に入れても痛くない程、可愛がっている孫。そんな事を良く知っている奴ですか……」

幸吉は、和馬の読みに頷いた。

「おそらくな。それにしても、見ず知らずの野郎に二十両もの大金を渡すとはな

「……」

和馬は呆れた。

「可愛い孫が簀巻にされるかもしれねえってんで慌てたのだろう。ま、年寄りの弱味に付け込む、狡猾《こうかつ》な騙りだな」

久蔵は苦笑した。

「ええ。金を貯め込んだ隠居を狙っての騙り、薄汚い野郎ですよ」

「うむ。よし、和馬、幸吉、向島の彦右衛門の一件、探ってみな。俺は他にもそんな騙りがないか調べてみる」

久蔵は、和馬と幸吉に命じた。


下谷広小路は、東叡山寛永寺や不忍池《しのばずのいけ》に来た参拝客や遊び客で賑わっていた。

上野元黒門町は、下谷広小路を取り囲む町の一つであり、呉服屋『丸大屋』があった。

呉服屋『丸大屋』は客で賑わっていた。

和馬と幸吉は、若旦那の彦七に逢いに呉服屋『丸大屋』を訪れた。

呉服屋『丸大屋』の主の彦造《ひこぞう》は、彦右衛門が彦七を出しにした騙りに遭ったのを知って怒り、彦七を外出禁止にしていた。

彦七は、前掛を取りながら座敷にやって来た。

「丸大屋の彦七にございます」

彦七は、落ち着かない面持ちで挨拶をした。

「うむ……」

和馬と幸吉は名乗り、向島の彦右衛門の許を訪れた縞の半纏を着た若い男に覚えはないか尋ねた。

「はい。金を取りに来た若い男の人相や風体は、祖父ちゃんに聞いたんですが……」

彦七は首を捻った。

「覚えはないのか……」

「はい……」

「博奕仲間や飲み仲間にもいないのかな」

幸吉は訊いた。

「ええ、いろいろ思い出してみたのですが……」

彦七は項垂《うなだ》れた。

「彦七、騙り者は、お前や彦右衛門の事を良く知っている奴だ。心当たりはないか……」

「私や祖父ちゃんの事を良く知っている奴ですか……」

彦七は眉をひそめた。

「そうだ……」

和馬は、彦七を見据えた。

「私が博奕好きなのは大勢の人が知っていますが、祖父ちゃんに可愛がられているのを知っている人は……」

彦七は、戸惑いを見せた。

「余りいないか……」

「はい。家族や親類以外には……」

「じゃあ、お祖父さんの彦右衛門さんが、向島にいるのを知っている奴はどうだい……」

幸吉は、何とか手掛りを摑もうとした。

「それなら、遊び仲間の直吉《なおきち》と向島に花見に行った時、祖父ちゃんの家に寄って小遣を貰いました。ですから直吉は知っています」

彦七は告げた。

「直吉ってのは何処《どこ》の誰だい……」

「神田須田町の薬種問屋の若旦那です」

「何て薬種問屋かな……」

「大黒堂《だいこくどう》です」

「神田須田町の薬種問屋大黒堂の若旦那の直吉だね」

幸吉は念を押した。

「はい。でも、直吉が騙りを働くなんて……」

彦七は、呆然とした面持ちになった。

「彦七、そいつは此からだ」

和馬は苦笑した。


上野元黒門町から神田須田町に行くには、御成《おなり》街道を進んで神田川を越えれば良い。

和馬と幸吉は、神田須田町にある薬種問屋『大黒堂』に向かった。

薬種問屋『大黒堂』の店内には、薬草の匂いが漂っていた。

和馬と幸吉は、薬種問屋『大黒堂』の暖簾《のれん》を潜《くぐ》った。

「これはこれは、お役人さま……」

番頭は、戸惑いを笑みに隠して帳場から出て来た。

「私は南町の神崎、こっちは岡っ引の幸吉って者だが、若旦那の直吉を呼んで貰おうか……」

和馬は、厳しく告げた。

「は、はい。少々お待ちを。お役人さまたちにお茶をね……」

番頭は微かに怯《おび》え、和馬と幸吉に茶を出すように手代に命じて奥に入った。

手代が慌てて茶を淹《い》れ、茶菓子と共に和馬と幸吉に差し出した。

「どうぞ……」

和馬は一瞥《いちべつ》し、手を伸ばさなかった。

僅《わず》かな刻が過ぎ、番頭が肥った旦那と共に店に出て来た。

「お待たせいたしました。大黒堂の主の徳兵衛《とくべえ》にございます」

肥った旦那は『大黒堂』主の徳兵衛と名乗り、和馬と幸吉に挨拶をした。

「して、直吉はどうした……」

「邪魔する」

和馬は、徳兵衛を厳しく見据えた。

「そ、それは……」

徳兵衛は口籠もった。

「いないのか……」

「はい。直吉は昨日から出掛けたままで……」

「帰って来ていないのか……」

和馬は眉をひそめた。

「左様にございます」

徳兵衛は、息子の放蕩《ほうとう》を止められないのを恥じるように項垂れた。

「何処に行っているんですか……」

幸吉は尋ねた。

「それが、分からないのでして……」

徳兵衛は、困惑を浮かべた。

「分からない……」

賭場か女の処か……。

幸吉は読んだ。

「はい……」

「隠し立てすると為にならないぜ」

和馬は、冷たく笑った。

「隠し立てするなどと……」

徳兵衛は狼狽《うろた》えた。

「旦那……」

幸吉は、和馬に直吉は本当にいないようだと目顔で告げた。

「うむ。ならば徳兵衛、直吉が戻ったら直ぐに南町に来るように伝えろ」

「あ、あの、お役人さま。直吉が何をしたのでございますか……」

徳兵衛は、怯えを滲ませた。

「騙りに拘わっている疑いだ」

和馬は云い放った。

「騙りに……」

徳兵衛は仰天した。

「ああ。それ故、下手な真似をすれば、大黒堂にも累が及ぶと心得ろ」

和馬は、出された茶や茶菓子に手も付けずに『大黒堂』を出た。

幸吉が続いた。

和馬と幸吉は、薬種問屋『大黒堂』を出た。

下っ引の勇次《ゆうじ》と風車売りの新八《しんぱち》が、斜向《はすむか》いにある蕎麦屋《そばや》の路地から薬種問屋『大黒堂』を見張っていた。

「御苦労でしたね、和馬の旦那……」

幸吉は笑った。

「ああ。強面《こわもて》同心の芝居は疲れるよ。後は宜しく頼んだぜ。柳橋の親分……」

和馬は苦笑した。

「ええ。お任せを……」

幸吉は会釈をした。

「じゃあな……」

和馬は、通りを日本橋に向かった。

幸吉は見送り、勇次と新八の許に行った。

「御苦労さん……」

「いえ。で、親分、若旦那の直吉は……」

勇次が尋ねた。

「いなかったよ」

「じゃあ……」

「うん。神崎の旦那が脅したから、ちょいと優しい言葉を掛ければ、隠し立てはしないだろう。で、雲海坊《うんかいぼう》は……」

「隣の蕎麦屋に陣取っています」

勇次は、薬種問屋『大黒堂』の斜向いで路地の隣の蕎麦屋を示した。

雲海坊は、蕎麦屋を薬種問屋『大黒堂』の見張り場所に決めたのだ。

「よし。新八、雲海坊と一緒に妙な奴が現れるかどうか見張りを続けろ」

直吉が騙りの一味なら、必ず仲間が繋ぎを取りに来る……。

幸吉は睨み、老練な托鉢《たくはつ》坊主の雲海坊と新八を見張りに付けた。

「はい。じゃあ……」

新八は頷き、蕎麦屋に向かった。

「よし。行くぜ、勇次……」

幸吉は、勇次を連れて薬種問屋『大黒堂』に向かった。

主の徳兵衛と番頭は、再び訪れた岡っ引に戸惑い、微かに怯えた。

「あの、未だ何か……」

「やあ。神崎の旦那は厳しい事を仰《おつしや》いましたが、いろいろとありますからね」

幸吉は、穏やかな面持ちで徳兵衛に同情してみせた。

「は、はい……」

徳兵衛は戸惑った。

「ま、若旦那が賭場や女郎屋に入り浸っているなんて、お上《かみ》に云い難いですからね」

「親分さん……」

徳兵衛は、幸吉に縋《すが》る眼差しを向けた。

「で、旦那、若旦那の馴染の賭場や女郎屋は何処ですかい……」

幸吉は訊いた。

「手前は知りませんが、番頭さん……」

徳兵衛は番頭を見た。

「は、はい。賭場は確か谷中のお寺で、馴染の女郎のいる岡場所は、やはり谷中のいろは茶屋だと聞いております」

番頭は、徳兵衛を気遣って云い難そうに告げた。

「谷中の寺にいろは茶屋ですかい……」

幸吉は念を押した。

「はい。左様にございます」

番頭は頷いた。

「女郎屋は……」

「確か角屋《かどや》とか……」

番頭は告げた。

「角屋ですね……」

幸吉は念を押した。

「はい……」

「親分……」

勇次は意気込んだ。

「うん……」

「親分さん、どうか、どうか宜しくお願いします」

徳兵衛は、幸吉に深々と頭を下げた。

幸吉は、倅《せがれ》の直吉を心配する徳兵衛の気持ちが良く分かった。

二

南町奉行所の中庭には、木洩れ日が揺れていた。

和馬は、久蔵の用部屋を訪れた。

「何か分かったか……」

「はい。彦七と連《つる》んでいた直吉って薬種問屋の倅がいましてね。今、幸吉たちが追っています」

「そうか……」

「して、こちらは……」

「それなのだが、近頃、金持ちの年寄り相手に騙りを働く坊主がいるようだと、源吾《げんご》が云っているぐらいだ」

久蔵は、配下の同心たちに年寄り相手の騙りが起きてないか尋ねた。そして、坊主が年寄り相手に騙りを働いているかもしれないのを知った。

「ほう、坊主ですか……」

和馬は眉をひそめた。

「うむ。永代供養だの、御布施だの、寄進だの、坊主が檀家の年寄りから金を巻き上げるのに造作はない。中には騙り紛いのものがあっても不思議はないだろうな」

久蔵は読んだ。

「ええ。で、年寄り相手に騙りを働いている坊主がいるようだと云ったのは……」

「臨時廻りの真山《まやま》源吾だ……」

「源吾ですか……」

真山源吾は、二十歳になったばかりの臨時廻り同心だった。

「うむ……」

「それにしても、坊主とは……」

「うむ。坊主は寺社奉行の支配。支配違いでやり難いが、いざとなれば俺が話をつける」

久蔵は苦笑した。

谷中は東叡山寛永寺の北側になり、天王寺を始めとした寺が多く、いろは茶屋が名高かった。

岡場所は昼間から賑わっていた。

幸吉と勇次は、いろは茶屋の女郎屋『角屋』に向かった。

薬種問屋『大黒堂』の若旦那の直吉は、女郎屋『角屋』の馴染女郎の許に居続けていた。

若旦那の直吉は、浴衣《ゆかた》の上に羽織を纏《まと》って帳場の隣の部屋にやって来た。

「大黒堂の直吉さんだね……」

幸吉は、直吉に十手を見せた。

「は、はい。私に何か……」

直吉は、怯えを滲ませて頷いた。

「丸大屋の彦七を知っているね」

「はい……」

直吉は、喉を鳴らした。

「じゃあ、彦七の祖父ちゃんが何処に住んでいるか、知っているかな……」

幸吉は尋ねた。

「彦七の祖父ちゃんですか……」

直吉は、怪訝《けげん》に幸吉を見詰めた。

「そうだ……」

「はい。一度、彦七が小遣を貰いに行く時に付いて行きましたから……」

「何処だい……」

「向島の長命寺の脇の道を入った処の家です」

直吉は覚えていた。

「そいつを誰かに話した覚えはないかな」

「えっ……」

直吉は、戸惑いを浮かべた。

「直吉、親分は丸大屋の彦七を可愛がっている祖父ちゃんが、向島の長命寺の脇道を入った処の家に住んでいると、誰かに話したか訊いているんだぜ」

勇次は、苛立《いらだ》って見せた。

「は、はい。日照《にっしょう》さんに話しました」

直吉は怯えた。

「日照……」

勇次は眉をひそめた。

「はい……」

「何処の誰だ」

幸吉は訊いた。

「は、はい。此の見世で知り合ったお坊さまです」

「坊主……」

幸吉と勇次は、思わず顔を見合わせた。

僧には、女と情を交わすのを戒める女犯《にょぼん》の罪がある。だが、僧の中には戒めを破り、秘かに岡場所に通うものがいた。

谷中いろは茶屋にはそうした坊主の客が多く、日照もその一人なのだ。

「はい……」

「何処の寺の坊主だ」

「そ、そこ迄は知りません。此処の客として知り合って親しくなっただけです」

「高がそれだけの知り合いの坊主に、彦七と祖父さんの事を話したのか……」

幸吉は、直吉を厳しく見据えた。

「は、はい。酒を振る舞われ、訊かれたものですから……」

直吉は項垂れた。

「女将さん、日照ってのは、何処の寺の坊主なんだい……」

幸吉は、隣の帳場にいる『角屋』の女将に尋ねた。

「はい。日照さんは千駄木の総林寺ってお寺のお坊さんだと聞いておりますが……」

女将は眉をひそめた。

「千駄木の総林寺の日照か……」

「ええ……」

勇次は頷いた。

「よし。直吉、さっさと家に帰って店の手伝いでもするんだな。さもなければ、騙りの一味として大番屋に来て貰う事になるぜ」

幸吉は、薬種問屋『大黒堂』徳兵衛を思い出し、直吉を脅した。

「えっ、そんな……」

直吉は、訳も分からず無様に狼狽えた。

「いいから、早くしな」

幸吉は一喝した。

南町奉行所同心詰所の囲炉裏には、湯が沸いていた。

「どうぞ……」

臨時廻り同心の真山源吾は、囲炉裏端にいる和馬に茶を淹れて差し出した。

「すまんな……」

「いいえ。で、神崎さん、お話とは……」

源吾は、先輩同心で久蔵腹心の和馬に呼ばれ、興味津々《しんしん》で身を乗り出した。

「そいつなんだが、金持ちの年寄りを相手に騙りを働く坊主がいるそうだな」

「ああ、その一件ですか……」

「うん。どんな騙りか教えてくれ」

「はい。年寄りの悩みを聞き、その始末をすると云って金を出させるのですが、始末は中々出来ないってやつでしてね……」

「年寄りの悩みねえ……」

彦右衛門の悩みには、孫の彦七の放蕩もあるのかもしれない。

和馬は読んだ。

「ええ。手間暇が掛かると云ってのらりくらりと、金を出させ続けた。まるで騙りですよ」

源吾は、腹立たしげに告げた。

「悩みの始末代か……」

呉服屋『丸大屋』の隠居彦右衛門が、可愛い孫の彦七の博奕の借金を始末する為、二十両を渡した騙りと似ていない事もない。

和馬は睨んだ。

「ええ。汚い真似をする坊主ですよ」

「で、その坊主、何処の寺の何て坊主だ」

「そいつが、浅草新寺町の妙徳寺の浄海《じょうかい》って坊主なんですがね。妙徳寺に浄海なんて坊主はいませんでしたよ」

「いなかった……」

「ええ。昔から……」

和馬は眉をひそめた。

「偽坊主か……」

「そいつが、経も立派に読むし、立振舞も坊主らしく、とても偽坊主だとは思えなかったと……」

「ほう。だったら本物の坊主か……」

「かもしれません。神崎さん、坊主の騙りがどうかしたんですか……」

源吾は眉をひそめた。

「う、うん。実はな……」

和馬は、孫を出しにした年寄り相手の騙りを話して聞かせた。

「へえ、年寄り相手の騙りですか……」

「うむ。源吾、今、何か事件を追っているのか……」

「いえ……」

「じゃあ、その妙徳寺の浄海、詳しく調べてみるんだな」

和馬は勧めた。


千駄木は、谷中天王寺と小石川白山権現を結ぶ通りの途中にあり、僅かな町家と寺や旗本屋敷があり、北には緑の田畑が広がり、隅田川が流れていた。

総林寺の日照……。

幸吉と勇次は、千駄木の総林寺を探した。

総林寺は、通りの団子坂を北に入った処にあった。

幸吉と勇次は、附近の者や行商人に総林寺に日照と云う坊主がいるか尋ねた。

「日照さんなら知っていますが、今日いるかどうか……」

附近の者は、総林寺を眺めて首を捻った。

「いない時もあるんですかい……」

勇次は尋ねた。

「ええ。日照さんは、弔いや法事の時に手伝いに来るお坊さんですからね」

「手伝いのお坊さん……」

勇次は眉をひそめた。

「勇次。こいつは総林寺に直《じか》に当たった方が良さそうだな」

幸吉は苦笑した。


囲炉裏の火は、鉄瓶を小刻みに鳴らしていた。

「どうぞ……」

寺男は、庫裏《くり》の框《かまち》に腰掛けている幸吉と勇次に茶を差し出した。

「で、用とは日照の事ですかな」

住職の良慶《りょうけい》は、幸吉と勇次に血色の良い顔を向けた。

「はい。日照さんはこちらに時々手伝いに来ているとか……」

「うむ。月に十日ぐらいか、いろいろ手伝いに来て貰っているよ」

良慶は苦笑した。

苦笑は、日照が来る目的が手伝いだけではない事を告げていた。

いろは茶屋か……。

幸吉は読んだ。

「じゃあ和尚さん、日照さんは普段は何処の寺にいるんですか……」

幸吉は訊いた。

「日照、何かしたのかな……」

良慶は眉をひそめた。

「いえ。未だそこ迄は……」

幸吉は笑った。

「そうですか……」

「申し訳ありません」

幸吉は詫びた。

「いや。日照、浅草は新寺町の妙徳寺にいましてな。用がある時には、松吉《まつきち》に呼びに行って貰っている」

良慶は、土間に控えている寺男を示した。

寺男の松吉は会釈をした。

「そうですか、分かりました。浅草新寺町の妙徳寺に行ってみます」

幸吉は、住職の良慶に礼を云って千駄木の総林寺を出た。

陽は西に大きく傾いた。


夕暮れ時が近付いた。

神田須田町の薬種問屋『大黒堂』は、漸《よう》く客が途切れ始めた。

雲海坊と新八は、斜向いの蕎麦屋の二階の座敷の窓辺に陣取り、薬種問屋『大黒堂』を見張っていた。

縞の半纏を着た若い男が、薬種問屋『大黒堂』の前に佇《たたず》んで店内を窺った。

「雲海坊さん……」

新八は、窓から『大黒堂』を見張りながら、居眠りをしている雲海坊に声を掛けた。

「妙な奴、現れたかい」

「ええ、縞の半纏を着た若い男が……」

新八は告げた。

「何……」

向島の彦右衛門の隠居所に現れた騙り者は、縞の半纏を着た若い男だ。

雲海坊は、窓辺に来て『大黒堂』を眺めた。

縞の半纏を着た若い男は、『大黒堂』の店内を窺っていた。

「何をしているんですかね」

新八は眉をひそめた。

「若旦那の直吉を捜しているのかもな……」

雲海坊は読んだ。

『大黒堂』から小僧が現れ、店先の掃除を始めた。

縞の半纏を着た若い男は、小僧に近付いて何事かを尋ねた。

小僧は掃除の手を止め、『大黒堂』を振り返って何事かを告げた。

縞の半纏を着た若い男は頷き、『大黒堂』の店先から離れた。

「新八……」

「承知……」

新八と雲海坊は、蕎麦屋の二階の座敷を駆け下りた。

神田八ッ小路には、仕事を早仕舞いした人が行き交い始めていた。

縞の半纏を着た若い男は、八ッ小路を神田川に架かっている昌平橋に向かっていた。

雲海坊は追った。

遅れて来た新八が雲海坊に並んだ。

「どうだった……」

「野郎、小僧に若旦那の直吉がいるかと訊いたそうですよ」

新八は、昌平橋に向かっている縞の半纏を着た若い男を見詰めた。

「どうやら、向島に現れた騙り者に間違いないな……」

雲海坊は見定めた。

縞の半纏を着た若い男は、昌平橋を渡って神田明神に向かった。

神田明神門前町の盛り場には、明かりが灯り始めていた。

浅草新寺町の妙徳寺は、廣徳寺と幡随院の間にあった。

幸吉と勇次は、妙徳寺の門前にある茶店に聞き込みを掛けた。

妙徳寺の坊主の中に日照はいた。

「日照、どんな坊主ですか……」

幸吉は、店仕舞いを始めていた茶店の亭主に尋ねた。

「歳の頃は三十歳過ぎでのっぺりとした顔の坊主でね。経と説法が上手いって噂ですよ」

亭主は、店仕舞いを続けた。

「へえ。そんな坊さんですか……」

勇次は感心した。

「でも、幾ら経や説法が上手くても、心が籠もっていなきゃあ……」

亭主は眉をひそめた。

「心が籠もっちゃあいませんか……」

勇次は訊いた。

「ああ。口先だけだよ。それでも有り難がる人が多くてねえ」

亭主は苦笑した。

「今、妙徳寺にいますかねえ……」

「いや。半刻程前に出掛けて行ったよ」

亭主は、店仕舞いを終えた。

後は明日だ……。

幸吉は決めた。


神田明神門前町の盛り場は賑わっていた。

居酒屋には人足、職人、浪人など雑多な客が多かった。

新八は、店の隅で酒と浅蜊《あさり》のぶっかけ飯で腹拵《はらごしら》えをしながら、奥にいる縞の半纏を着た若い男を見張っていた。

縞の半纏を着た若い男は、人待ち顔で酒を飲んでいた。

新八は、店の若い衆に小粒を握らせた。

「なんですかい……」

若い衆は、怪訝な面持ちで小粒を握り締めた。

「奥で酒を飲んでいる縞の半纏。何て奴かな」

新八は、奥で酒を飲んでいる縞の半纏を着た若い男を示した。

「ああ。彼奴は猪之吉《いのきち》って野郎ですぜ」

若い衆は、侮《あなど》りを過《よ》ぎらせた。

猪之吉……。

新八は知った。

「猪之吉、生業《なりわい》は何かな……」

「博奕打ちを気取った半端な遊び人だよ」

若い衆は笑った。

「へえ、そんな奴か……」

「ええ……」

「邪魔をする」

着流しの浪人が入って来た。

「いらっしゃい。じゃあ……」

若い衆は、新八の傍から離れた。

着流しの浪人は、猪之吉に気付いて店の奥に進んだ。

猪之吉が待っていた相手だ……。

新八は読んだ。

浪人は、猪之吉と言葉を交わしながら酒を飲み始めた。

新八は見守った。


新八は、居酒屋から出て斜向いの路地に向かった。

斜向いの路地には、雲海坊がいた。

「どうだ……」

「野郎の名は猪之吉、今入って行った浪人と出て来ます」

新八は、猪之吉と浪人が居酒屋を出るのを見定め、逸早く勘定を済ませた。

「よし……」

雲海坊は頷いた。

「ありがとうございました」

若い衆の声に送られ、居酒屋から猪之吉と浪人が出て来た。

雲海坊と新八は見守った。

猪之吉と浪人は、盛り場から明神下の通りに向かった。

雲海坊と新八は追った。

不忍池に月影は揺れていた。

猪之吉と浪人は、不忍池の畔《ほとり》を進んだ。

「何処に行くんですかね」

新八は、猪之吉と浪人を追った。

「賭場かもしれないな」

雲海坊は読んだ。

「それにしても、あの浪人、何者ですかね」

新八は、着流しの浪人を見詰めた。

「そうだな。只の知り合いか、それとも騙り屋の一味か……」

雲海坊は眉をひそめた。

刹那《せつな》、浪人は刀を閃《ひらめ》かせた。

猪之吉は、悲鳴をあげて大きく仰《の》け反《ぞ》った。

「新八、呼び子笛だ。人殺し、人殺しだ」

雲海坊は叫んだ。

新八は、呼び子笛を吹き鳴らした。

浪人は、慌てて逃げた。

雲海坊と新八は、猪之吉に駆け寄った。

猪之吉は斬られ、血塗《ちまみ》れで倒れていた。

「猪之吉、しっかりしろ。新八、医者だ」

雲海坊は焦った。

新八は、医者を呼びに走った。

水鳥の甲高い鳴き声が、夜の不忍池に不気味に響き渡った。

三

「騙り屋が斬られただと……」

久蔵は眉をひそめた。

「はい。向島の隠居の彦右衛門さんから二十両騙し取った縞の半纏を着た若い男、猪之吉と云うのですが、昨夜、不忍池の畔で得体の知れぬ浪人に……」

幸吉は告げた。

「して、猪之吉は助かるのか……」

「未だ気を失ったままですが、かなりの深手でして、何とも云えないそうです」

幸吉は、猪之吉の手当てをしている医者の言葉を伝えた。

「そうか……」

久蔵は頷いた。

「騙り屋一味の口封じですかね」

和馬は読んだ。

「うむ。おそらく我々が探索を始めたのに気が付き、先手を打ったのだろう。騙り屋一味の元締、どんな奴か知らないが、自分を辿《たど》られる恐れのある者は、情け容赦なく始末するつもりかな」

久蔵は睨んだ。

「となると、大黒堂の直吉から丸大屋の彦七の情報を仕入れた坊主の日照も危ないかもしれませんね」

和馬は眉をひそめた。

「日照は浅草新寺町の妙徳寺の坊主で、昨日は出掛けていましてね。勇次が張り込んでいます」

幸吉は告げた。

「よし、日照と、猪之吉を斬った得体の知れぬ浪人を捜せ」

久蔵は命じた。

和馬と幸吉は、久蔵の用部屋を出て同心詰所に戻った。

「神崎さん……」

真山源吾が近付いて来た。

幸吉は会釈をした。

「おう。源吾、坊主の浄海、どうした……」

「そいつが姿を消したままですが、騙りに遭った隠居が、浄海を谷中で見掛けたと云いましてね」

「谷中で……」

和馬は眉をひそめた。

「ええ。女郎屋に入って行ったそうです」

「女郎屋か……」

「源吾の旦那、何て屋号の女郎屋か分かりますか」

幸吉は尋ねた。

「ああ、確か角屋って女郎屋だと聞いたな」

「角屋……」

　幸吉は、思わず眉をひそめた。

　谷中の女郎屋『角屋』は、騙り一味の日照の馴染の見世だった。

　まさか……。

　幸吉の勘が囁いた。

「源吾の旦那、その浄海って、どんな坊主なんですか……」

「三十歳過ぎの二枚目で口の上手い坊主のようだ」

　似ている……。

　源吾が調べている坊主の浄海は、自分たちの追っている日照に良く似ているのだ。

「で、その浄海、何処の寺の坊主ですか……」

「浅草新寺町の妙徳寺だ」

　源吾は告げた。

「妙徳寺……」

　日照も妙徳寺の坊主……。

　幸吉は、自分の勘が当たったのを知った。

「どうした、柳橋の……」

和馬は、幸吉に怪訝な眼差しを向けた。

「はい。源吾の旦那の調べている浄海、どうやら日照と同じ坊主のようですぜ」

幸吉は、厳しさを滲ませた。

「何だと……」

和馬は驚いた。

日照は浄海と云う偽名を使い、年寄り相手に様々な騙りを働いていたのだ。

「おのれ。ならば、妙徳寺に浄海などと云う坊主、幾ら捜しても、端《はな》からいなかった訳だ」

源吾は、腹立たしげに吐き棄てた。

「きっと……」

幸吉は頷いた。

「よし。俺は此の事を秋山さまに報せる。柳橋の、日照と得体の知れない浪人を頼む」

和馬は、厳しさを滲ませた。

幸吉は、雲海坊を昏睡状態の猪之吉に張り付け、由松《よしまつ》と新八に得体の知れない浪人を追わせた。そして、勇次と清吉《せいきち》に浅草新寺町の妙徳寺を見張らせた。

勇次と清吉は、妙徳寺の寺男や小坊主にそれとなく探りを入れた。

日照は、妙徳寺に戻っていなかった。

勇次と清吉は、門前の茶店を根城にして見張りを続けた。


由松と新八は、神田明神門前の盛り場にある居酒屋を訪れた。

昨夜、新八が小粒を握らせた若い衆は、開店前の仕込みをしていた。

新八は呼び出した。

「昨夜、猪之吉と待ち合わせをしていた着流しの浪人ですか……」

若い衆は、戸惑いを浮かべた。

「ああ。何処の誰か知っているかな」

新八は尋ねた。

「さあ、知りませんが……」

若い衆は眉をひそめた。

「知らないか……」

新八は、肩を落とした。

「ええ。猪之吉の野郎、旦那って呼んでいましたからね」

「じゃあ、猪之吉と浪人、何処で知り合ったか、聞いちゃあいねえかな」

由松は尋ねた。

「ああ。そいつは賭場だと聞きましたぜ」

「賭場……」

「ええ……」

「何処の賭場か、知っているかい……」

「確か不忍池の畔にある大名の下屋敷だと……」

若い衆は告げた。

「大名家の下屋敷。由松の兄貴……」

新八は、漸く見えた手掛りに意気込んだ。

「ああ、何て大名家だ」

「其処までは知りませんが、賭場の胴元は湯島天神門前町の妻恋一家の貸元ですぜ」

「妻恋一家の貸元か……」

由松は念を押した。

「はい……」

「よし。忙しい処、造作を掛けたね」

由松と新八は、若い衆に礼を述べて湯島天神門前町に急いだ。


浅草新寺町の妙徳寺では檀家の法事が行なわれ、住職たちの読経が低く響いていた。

経を読む坊主たちの中に日照はいない。

勇次と清吉は、門前の茶店から不審な坊主が出入りしないか見張り続けた。

清吉は暇な時、元手先である長八《ちょうはち》の蕎麦屋『藪十《やぶじゅう》』で働いている。

刻が過ぎ、法事が終わっても日照らしい坊主は現れなかった。

「勇次の兄貴、日照の野郎、お上に追われているのに気付き、もう江戸から逃げたのかもしれませんね」

清吉は眉をひそめた。

「うむ……」

勇次は、静けさに覆われた妙徳寺を眺めた。

「どうだ……」

幸吉がやって来た。

「日照、戻って来ませんね」

勇次は、首を横に振った。

「そうか……」

「親分、日照の奴、妙徳寺の何処かに隠れているのかもしれません。忍び込んで捜しましょうか……」

清吉は、勢い込んだ。

「清吉、寺や神社は寺社奉行さまの支配で町奉行所の支配違いだ。俺たちが余計な真似をしたら、秋山さまに御迷惑を掛けるだけだ」

「そうなんですか……」

清吉は、肩を落とした。

「親分、日照は俺たちが捜しているのを知って姿を隠したんですかね」

「きっとな……」

勇次は首を捻った。

「でしたら親分、日照はどうして俺たちが捜しているのに気が付いたんですかね」

　勇次は眉をひそめた。

「そいつは俺も気になってな。日照の野郎が浮かんだのは、薬種問屋大黒堂の若旦那の直吉からだ……」

「ええ。で、角屋の女将が千駄木の総林寺を教えてくれて、総林寺に行って……」

　勇次は思い出した。

「俺たちが日照を追っているのを知っているのは、直吉、女郎屋角屋の女将、総林寺の住職の良慶と寺男……」

　幸吉は読んだ。


　湯島天神門前町に博奕打ちの貸元、妻恋の紋蔵《もんぞう》の家はあった。

　由松と新八は、腰高障子の開け放たれている紋蔵の家を窺った。

　開け放たれた腰高障子の奥に見える土間では、三下が賽子《さいころ》遊びをしていた。

「邪魔をするぜ」

　由松と新八は、紋蔵の家の土間に入った。

「な、なんだいお前さんたちは……」

三下は焦った。

「俺たちは柳橋の者だが……」

由松は笑い掛けた。

「や、柳橋の……」

三下は、〝柳橋〟が岡っ引の柳橋の幸吉と手先たちの事だと知っており、微かな緊張を滲ませた。

「ああ、ちょいと訊きたい事があってな」

「へ、へい。何でしょうか……」

「不忍池の畔にある妻恋の貸元の賭場ってのは、何処の大名家の下屋敷にあるんだい」

由松は尋ねた。

「それは……」

三下は、警戒を露わにした。

「心配するな。賭場をどうこうしようってんじゃあねえ。賭場の客に猪之吉って半端な野郎がいるだろう」

「へい……」

三下は、躊躇《ためら》いがちに頷いた。

「その猪之吉と親しくしている浪人がいる筈《はず》なんだが、そいつに用があってな」

由松は告げた。

「浪人ですか……」

三下は、戸惑いを浮かべた。

「ああ、いるだろう」

新八は、三下を見据えた。

「へい。白倉小五郎《しろくらこごろう》って浪人です……」

三下は、猪之吉と親しい浪人を知っていた。

「白倉小五郎……」

「兄貴……」

「ああ……」

「で、賭場は何処の大名の下屋敷だい」

新八は笑い掛けた。

「へい。出雲国《いづものくに》は立石藩の下屋敷です」

由松と新八は、漸く賭場を突き止めた。

「立石藩の下屋敷……」

「へい……」

「で、今晩も開帳するのか……」

「そりゃあ、もう……」

三下は頷いた。

「そうか。良く分かった。邪魔したな」

由松と新八は、博奕打ちの貸元妻恋の紋蔵の家を後にした。


騙り屋一味と通じている者……。

幸吉と勇次は、騙り屋一味と通じているのは、女郎屋『角屋』の女将と総林寺の住職良慶のどちらかだと睨んだ。

「さあて、どっちでしょうね……」

勇次は眉をひそめた。

「もし、角屋の女将が騙り屋の一味だったら、日照が何処の寺の坊主か知らないと惚《とぼ》ければ済む話だ。だが、千駄木は総林寺に拘わっている坊主だと云った。で、そいつは本当だった」

「ええ。騙り屋の一味なら惚けて、本当の事は云いませんか……」

勇次は読んだ。

「ああ……」

幸吉は頷いた。

「って事は、総林寺ですか……」

「きっとな……」

「ですが、総林寺の住職の良慶も、日照は浅草新寺町の妙徳寺の坊主だと、教えてくれたんですぜ」

「ああ。だが、そいつが自分や総林寺から眼を逸らせる為だったらどうする」

「そして、日照の処に先廻りをして逃がしましたか……」

勇次は、厳しさを滲ませた。

「ま、そんな処だ……」

「分かりました。ちょいと総林寺の様子を覗《のぞ》いて来ますか……」

「ああ、そうしてくれ」

幸吉は頷いた。

勇次は、千駄木の総林寺に急いだ。

不忍池の畔の西から北側には、様々な大名屋敷が甍《いらか》を連ねていた。

出雲国立石藩の江戸下屋敷は、下野国喜連川藩《しもつけのくにきつれがわ》の江戸上屋敷の近くにあった。

由松と新八は、界隈の大名屋敷の中間小者《ちゆうげん》に聞き込みを掛けた。

妻恋の紋蔵の賭場は、立石藩江戸下屋敷の中間部屋で開帳されていた。

「浪人の白倉小五郎、さっさと現れてくれると良いんですがね」

新八は眉をひそめた。

「焦るんじゃあねえ、新八。二、三日賭場に通えば分かるさ」

由松は苦笑した。

夕陽は団子坂を照らしていた。

千駄木総林寺は、団子坂の辻を北に入った処にある。

勇次は、総林寺の境内を窺った。

総林寺の境内は、綺麗に掃除がされているだけで人気《ひとけ》はなかった。

住職の良慶はいるのか……。

勇次は、境内に入ろうとした。
庫裏の腰高障子が開いた。
勇次は、素早く山門の陰に潜んだ。
寺男が庫裏から出て来た。
寺男の松吉……。
勇次は、山門から見守った。
松吉は、庫裏の中に向かって僅かに頭を下げた。
庫裏には住職の良慶がいる……。
勇次は睨んだ。
松吉は腰高障子を閉め、菅笠を被って山門に向かって来た。
出掛ける……。
勇次は読み、素早く山門から離れた。
松吉は、総林寺の山門を出て足早に団子坂に向かった。
どうする……。
勇次は、松吉を追うかどうか迷った。
今は良慶だ……。

勇次は、松吉を追うより、住職の良慶を見張る事にした。

陽は沈み始め、庫裏の腰高障子に明かりが薄く映えた。


不忍池は夜の闇に覆われた。

由松と新八は、出雲国立石藩江戸下屋敷の裏門を窺っていた。

裏門には中間と博奕打ちの三下が佇み、訪れる賭場の客を迎えていた。

お店《たな》の旦那、職人、侍、遊び人……。

立石藩江戸下屋敷の裏門には、様々な賭場の客が出入りした。

新八は、出入りする賭場の客に猪之吉を斬った浪人、白倉小五郎を捜した。

「どうだ……」

由松は、新八の傍にやって来た。

「現れませんぜ……」

新八は、出入りをする賭場の客を見ながら首を捻った。

「よし。浪人の客が来たら報せる。酒と稲荷寿司を買って来たから一息入れな」

由松は、新八に酒を入れた竹筒と稲荷寿司を渡し、見張りの交代を促した。

「こいつはありがてえ。じゃあ、お言葉に甘えて……」

新八は、酒の入った竹筒と稲荷寿司を手にして背後に下がり、由松と見張りを交代した。

「白倉小五郎、髪は総髪、背丈は五尺二寸ぐらいで痩せた着流しか……」

由松は、新八から聞いた白倉小五郎の人相風体を呟《つぶや》きながら、立石藩江戸下屋敷の裏門を見張った。


虫の音が響いていた。

勇次は、明かりの映えている腰高障子を見ながら庫裏に忍び寄った。

庫裏には住職の良慶がいる筈だ……。

勇次は、腰高障子に小さな穴を開けて庫裏を覗いた。

明かりの灯された庫裏には、良慶はおろか誰もいなかった。

いない……。

勇次は戸惑った。

住職の良慶は、何処にいるのだ。

勇次は焦った。

奥の座敷にいるのか……。

勇次は、庫裏の裏に廻った。

庫裏の裏は庭に続いていた。

勇次は庭の暗がりに潜み、庫裏から続いている座敷を見た。

座敷には明かりが灯されておらず、暗かった。

いない……。

住職の良慶は、庫裏にも奥の座敷にもいなかった。

それは総林寺にいないと云う事なのか……。

勇次は焦った。


由松と新八の見張りは続いた。

賭場に来る客は途切れ、中間と三下は裏門の奥に入った。

「今夜は現れませんかね……」

新八は、苛立たしげに吐き棄てた。

「苛立つな、新八……」

由松は苦笑した。

「はい……」

菅笠を被った男がやって来た。

新八は見詰めた。

菅笠を被った男は、立石藩江戸下屋敷の裏門に入って行った。

新八は見送った。

「新八……」

由松が囁いた。

「はい……」

新八は、由松の視線の先を追った。

人影が道の暗がりをやって来た。

新八は、眼を凝らして見詰めた。

人影は着流しの浪人だった。

来た……。

新八は、やって来る着流しの浪人が白倉小五郎だと見定め、思わず微笑んだ。

った。

四

浪人の白倉小五郎は、落ち着いた足取りで立石藩江戸下屋敷の裏門を潜って行った。

新八は、喉を鳴らして見送った。

「新八……」

「由松の兄貴、野郎です。野郎が猪之吉を斬った白倉小五郎ですぜ」

新八は意気込んだ。

「うん……」

「どうします。親分や和馬の旦那に報せますか……」

「ま、その前に白倉の野郎、博奕遊びに来ただけかどうか見定めるぜ」

由松は、立石藩江戸下屋敷の裏門に向かった。

新八は続いた。

賭場は、盆茣蓙《ぼんござ》を囲む客の熱気と煙草の煙りに満ちていた。

由松と新八は、盆茣蓙を囲む客の中に白倉小五郎を捜した。

盆茣蓙の周りには客が居並び、白倉小五郎はいなかった。

賭場の隣の部屋には酒や茶が用意されており、博奕に疲れた客が一息つき、順番を待つ客が満を持していた。

そうした客の中に白倉小五郎はいた。

白倉小五郎は、酒を飲みながら中年の男と何事か言葉を交わしていた。

誰だ……。

由松と新八は緊張した。そして、中年の男が、白倉の来る直前に裏門を潜った菅笠を被った男だと気が付いた。

二人は賭場で待ち合わせをしていた……。

由松と新八は読んだ。

中年の男は、白倉に用件を話し終えたのか立ち上がった。

「由松の兄貴……」

「ああ。俺が追うぜ……」

由松は、身軽に中年の男を追った。

新八は賭場に残り、浪人の白倉小五郎を見張った。

白倉小五郎は、湯呑茶碗に満たした酒を飲み始めた。

賭場は、密やかに賑わい続けた。

中年の男は、立石藩江戸下屋敷の裏門を出て菅笠を目深に被り、夜道を足早に進み始めた。

何処に行く……。

由松は追った。

中年の男は、慣れた足取りで夜道を進んだ。

堅気じゃあないかもしれない……。

由松は読み、慎重に尾行《つけ》た。

行燈《あんどん》の火は油が切れて消え、庫裏は暗くなって総林寺は闇に包まれた。

住職の良慶が潜んでいたとしたら、動き出すかもしれない。

勇次は、明かりの消えた庫裏を窺った。

四半刻が過ぎた。

庫裏に人の気配が湧いた。

誰かいる……。
勇次は、見定めようとした。
人の気配は消えた。
睨み通り、住職の良慶は総林寺の何処かに潜んでいたのだ。
どうする……。
暗い総林寺に忍び込んで良慶を捜すか……。
だが、勝手知らない暗い総林寺に忍び込んでも逃げられる恐れがある。
勇次は、迷い躊躇った。
夜が明けるのを待つ……。
勇次は、総林寺の山門に戻って夜明けを待つ事にした。

夜の闇が揺れ、菅笠を被った男が現れた。
松吉……。
寺男の松吉が帰って来たのだ。
勇次は、素早く物陰に潜んで見守った。
松吉は総林寺の山門の前に立ち止まり、背後や周囲を油断なく見廻した。そして、不審な事がないのを見定め、足早に山門を潜った。

勇次は、物陰から山門に走って庫裏を眺めた。

松吉は、暗い庫裏に入った。

勇次は見定めた。

背後に人の気配がした。

勇次は、とっさに懐の十手を握った。

「俺だ、勇次……」

背後に現れた由松が苦笑した。

「由松の兄い……」

勇次は、微かな安堵を過ぎらせた。

「今の野郎、寺の者かい……」

由松は、総林寺を見廻した。

「ええ。寺男の松吉です。由松の兄いは……」

「新八と、猪之吉を斬った浪人を捜していてな。賭場で見付けたのだが、今の野郎と繋ぎを取った。それで追って来たんだぜ」

「そうですか、猪之吉を斬った浪人、見付かりましたか……」

「ああ。白倉小五郎って野郎でな。松吉と繋ぎを取って何をする気か……」

由松は眉をひそめた。

「ええ……」

「よし、勇次。新八が心配だ。俺は賭場に戻るが、その前に親分のところに寄る。親分に報せる事はあるか……」

「はい。総林寺の住職の良慶の動きが妙です。何かを企んでいるかもしれないと……」

「分かった。じゃあ気を付けてな。無理はするなよ」

由松は駆け去った。

勇次は、総林寺を窺った。

総林寺の庫裏には、再び明かりが灯されていた。


由松は、親分の幸吉に情況を報せた。

決着をつける時が近付いている……。

幸吉は睨み、清吉を和馬の組屋敷に走らせた。そして、猪之吉に張り付いている雲海坊を呼び戻した。

猪之吉は、辛うじて命を取り留めたが、未だ話す事は出来なかった。

幸吉は、呼び戻した雲海坊を勇次の助っ人に行かせ、由松と共に白倉小五郎のいる立石藩江戸下屋敷の賭場に急いだ。


刻は過ぎた。

賭場の客は減り、熱気や緊張感は薄れていた。

浪人の白倉小五郎は、博奕に勝っていた。

新八は、博奕に勝ちも負けもせずに駒札を張り、白倉を見張り続けていた。

白倉小五郎は、駒札を持って胴元の許に行った。

退きあげる……。

新八は、一足先に賭場を出た。


夜明けが近付いていた。

新八は、眩《まぶ》しげに青黒い夜明けの空を見上げた。

「新八……」

由松が、隣の大名屋敷の土塀の陰に現れた。

「由松の兄貴……」

新八は、由松のいる土塀の陰に向かった。

土塀の陰には、由松の他に幸吉と和馬、清吉がいた。

「親分、旦那……」

新八は、微かな安堵を覚えた。

「御苦労だったな」

幸吉は、新八を労《ねぎら》った。

「いえ。白倉の野郎、今、駒札を金に換えていますよ」

新八は告げた。

「そうか……」

「それで白倉小五郎、総林寺の寺男の松吉と繋ぎを取って何をするかだな」

和馬は、厳しい面持ちで告げた。

「ええ……」

幸吉は頷いた。

「白倉と繋ぎを取った奴、総林寺の寺男だったんですか……」

新八は知った。

「あぁ……」

「白倉の野郎です……」

由松は、立石藩江戸下屋敷の裏門を示した。

幸吉、新八、清吉、和馬は、裏門から出て来た白倉小五郎を見守った。

白倉小五郎は背伸びをし、落ち着いた足取りで不忍池の畔に向かった。

「由松、清吉……」

幸吉は、由松と清吉を促した。

由松は頷き、清吉と共に白倉を追った。

「新八、お前は面が割れているかもしれない。後から来い……」

幸吉は、和馬と由松たちに続いた。

新八は追った。

夜明けの不忍池には朝靄《もや》が漂っていた。

白倉小五郎は、朝靄を巻いて不忍池の畔を進んだ。

由松と清吉は尾行た。

白倉は、不忍池の畔から湯島切通町《きりどおしまち》に曲がった。

湯島切通町の盛り場は、眠りに就いたばかりで人気はなかった。

白倉は、眠っている盛り場の奥に進んだ。

盛り場の奥には、古い小さな小料理屋があった。

白倉は、古い小さな小料理屋の腰高障子を小さく叩いた。

腰高障子が開き、赤い襦袢《じゅばん》を着た大年増が大欠伸《あくび》をしながら出て来た。

白倉は笑い掛けた。

大年増は、嘲《あざけ》りを浮かべて小料理屋の奥を示した。

白倉は頷き、小料理屋に入った。

大年増は見送り、だらしのない格好でまた大欠伸をした。

次の瞬間、由松と清吉が大年増に後ろから飛び掛かり、口を押さえて横手の路地に引き摺り込んだ。

大年増は、肌も露わに踠《もが》いた。

「静かにしろ……」

由松は囁いた。

幸吉と和馬が現れた。

大年増は、巻羽織の和馬を見て凍て付いた。

「白倉は何しに行った」

幸吉は尋ねた。

「に、日照さんを……」

大年増は、清吉に押さえ付けられて声を震わせた。

「日照がいるのか……」

和馬は、古い小さな小料理屋を見た。

古い小さな小料理屋は、奇妙な音をたてて揺れた。

「柳橋の……」

和馬は、古い小さな小料理屋の戸口に走った。

幸吉、由松、新八が続いた。

褌《ふんどし》一本の坊主が、小料理屋から転がり出て来た。

白倉小五郎が白刃《はくじん》を翳《かざ》し、坊主を追って出て来た。

和馬が路地から現れた。

白倉は、刀を一閃《いっせん》した。

和馬は、咄嗟《とっさ》に躱《かわ》して十手を構えた。

幸吉と新八が、頭を抱えて蹲《うずくま》って震えている褌一本の坊主を押さえた。

「手前、日照だな……」

幸吉は、褌一本の坊主に問い質《ただ》した。

「あ、ああ……」

日照は、端整な顔を醜く歪《ゆが》めて頷いた。

「新八、お縄にしろ」

新八は、褌一本の日照に縄を打とうとした。

「そうはさせぬ……」

白倉は、新八に押さえられている日照に猛然と斬り掛かった。

和馬が、十手を横薙《よこな》ぎに振るった。

甲高い金属音が鳴った。

白倉は、刀を弾かれてよろめいた。

由松がよろめいた白倉を蹴飛ばした。

白倉は、古い小さな小料理屋の板壁に叩き付けられた。

幸吉が、白倉の刀を握っている腕にしがみついて押さえた。

刹那、和馬が白倉の額に十手を打ち据えた。

白倉は昏倒した。

幸吉が白倉の刀を奪い取り、由松が素早く縄を打った。

和馬と幸吉は、縄を打たれている褌一本の日照の許に行った。

「日照、呉服屋丸大屋の隠居彦右衛門相手の騙り、手前の仕業だな」

和馬は、日照を厳しく見据えた。

「せ、拙僧は薬種問屋の大黒堂の直吉から丸大屋の隠居が向島に住んでいて、可愛い孫の彦七の為なら幾らでも金を出すと聞いただけで、猪之吉を使って騙りを働いたのは、拙僧ではない……」

日照は、必死に言い繕《つくろ》った。

「何が拙僧だ。仔細は大番屋で聞かせて貰うぜ。由松、引き立てろ」

「はい……」

和馬は苦笑した。

由松、新八、清吉が、日照と白倉小五郎を引き立てた。

「さあ、お前も来て貰うぜ」

幸吉は、大年増に笑い掛けた。

「私は知らないよ。私は日照を二、三日、匿ってくれと頼まれただけだよ」

大年増は、赤い襦袢がはだけるのも構わず懸命に云い張った。

「頼んだのは誰だい……」

幸吉は笑った。


総林寺の庫裏の腰高障子が開いた。

勇次と雲海坊は見詰めた。

住職の良慶と寺男の松吉が、旅姿で庫裏から出て来た。

「雲海坊さん……」

「ああ、江戸から逃げるつもりかな」

雲海坊は眉をひそめた。

「きっと……」

勇次は、喉を鳴らした。

「そうはさせるか……」

雲海坊は錫杖《しやくじよう》を握り締め、勇次は十手を出した。

良慶と松吉は、山門を出て団子坂に向かおうとした。

「何処に行くんだい……」

勇次と雲海坊は、良慶と松吉の前に立ちはだかった。

「うむ。ちょいと檀家の家にな……」

良慶は言い繕った。

「旅姿でかい……」

雲海坊は嘲笑《あざわら》った。

「煩《うる》せえ……」

松吉が匕首《あいくち》を抜き、雲海坊に突き掛かった。

雲海坊は、錫杖を唸らせた。

乾いた音が響いた。

向う臑《ずね》を打たれた松吉は、蹈鞴《たたら》を踏んで倒れ込んだ。

「神妙にしやがれ」

勇次は、松吉の匕首を握る腕を押さえて十手で乱打した。

松吉は、悲鳴をあげて匕首を落とした。

下手な情けは怪我の元……。

勇次は、容赦なく松吉を打ちのめした。

松吉は、頭を抱えて悲鳴をあげた。

良慶は、衣を翻して逃げた。

年格好に似合わない身軽な逃げ足だった。

雲海坊は、咄嗟に錫杖を投げ付けた。

錫杖は飛び、逃げる良慶の足に絡んだ。

良慶は、前のめりに勢い良く倒れ込んだ。

腰に巻いていた風呂敷包みが破れ、小判が弾け飛んで煌《きら》めいた。

駆け付けて来た新八と清吉が、倒れて踠く良慶に襲い掛かった。

「大人しくお縄を受けろ、糞坊主」

新八は怒鳴り、良慶を殴り飛ばした。

清吉が縄を打った。

「怪我はないか……」

幸吉がやって来た。

「親分……」

勇次は、安堵を浮かべた。

「御苦労だったな、勇次、雲海坊……」

幸吉は、勇次と雲海坊を労った。

「坊主の癖に年寄り相手の騙り屋とは、世も末だぜ……」

雲海坊は嘆いた。

「ああ。まったくだな」

幸吉は苦笑した。

「で、親分、日照は……」

「猪之吉を斬った浪人の白倉小五郎に殺され掛けたが、二人共お縄にしたぜ」

幸吉は告げた。

良慶と松吉は項垂れた。


「年寄り相手の騙り屋の元締は、千駄木総林寺の住職良慶か……」

久蔵は、和馬と幸吉から一件始末の報告を受けた。

「はい。金を持っている隠居を狙い、可愛い孫を出しにした騙り。臨時廻りの真山源吾が追っていた坊主の浄海、やはり日照の偽名でした」

「それで良慶は、自分との繋がりを知られるのを恐れ、浪人の白倉小五郎を金で雇い、猪之吉に続き、日照も殺そうとしたそうです」

幸吉は告げた。

「そいつは坊主とは思えねえ悪党だな」

久蔵は苦笑した。

「はい……」

「そうか。御苦労だった」

「畏《おそ》れ入ります」

和馬と幸吉は頭を下げた。

「それにしても、厳しい商いの道を生き抜いて来た大店の隠居が、孫の事で呆気《あっけ》なく騙《だま》される。それ程、可愛いものなのかな、孫ってのは……」

久蔵は眉をひそめた。

「そりゃあもう。目の中に入れても痛くはないようですよ」

幸吉は苦笑した。

「向島の隠居もそうか……」

「はい。平次の前じゃあ、悪党を追っていた岡っ引の柳橋の弥平次の面影はなく、只の孫に甘いだけの祖父さんです」

「へえ、そいつは一度、じっくりと見てみたいものだな……」

久蔵は笑った。

隅田川には荷船が行き交っていた。

向島の弥平次の家の居間には、隅田川からの風が静かに吹き抜けていた。

「秋山さまからです……」

幸吉は、弥平次に角樽《つのだる》と『船橋屋《ふなばしや》』の羊羹《ようかん》の包みを差し出した。

「秋山さまから……」

弥平次は戸惑った。

「はい。此の度の年寄り相手の騙り屋の一件、一番の手柄は、気が付いた弥平次だと仰いましてね」

「そうかい。流石《さすが》は秋山さまだ……」

弥平次は、嬉しげに笑った。

「祖父ちゃん、遊ぼう……」

平次がおまきと一緒に入って来た。

「おう。来たか平次……」

弥平次は眼を細めた。

「うん。遊ぼう……」

平次は、弥平次に抱き付いた。

「よし、遊ぶか。幸吉、秋山さまに宜しくお伝えしてくれ」

「承知しました」

幸吉は頷いた。

「さあ、何して遊ぶ……」

弥平次は、平次を抱きかかえて庭に降りて行った。

「幸吉、勇次が猪牙《ちょき》で待っているよ。平次は預かるから早く行きな」

おまきは勧めた。

「ありがとうございます。じゃあ昼過ぎ、お糸が迎えに来ますので……」

幸吉は、おまきに頭を下げた。

「ああ。引き受けた」

「じゃあ……」

幸吉は、おまきに再び頭を下げ、庭で遊んでいる弥平次と平次に笑顔を向けた。

弥平次と平次は、楽しげに笑いながら遊んでいた。

向島の小川は隅田川の流れに続いている。

勇次の操る猪牙舟は、幸吉を乗せて小川から隅田川に出た。

「親分。御隠居、今のままじゃあ平ちゃんを出しにした騙りに引っ掛かります
ね」

勇次は笑った。

「間違いないだろうな」

幸吉は苦笑した。

「孫ってのは、そんなに可愛いもんなんですかねえ……」

「ああ、きっとな……」

幸吉は、勇次の漕ぐ猪牙舟の舳先《へさき》に座って隅田川を眺めた。

小さな笹舟が揺れながら流れていた。

第二話
不義密通

一

飾り結びは、几帳《きちよう》、御簾《みす》、厨子《ずし》、茶道具などの調度類や羽織、被布《ひふ》などの着物に使われた。

神崎百合江《ゆりえ》は、京橋の呉服屋『越前屋《えちぜんや》』に羽織や被布に使う飾り結びを納めた。

「結構にございます……」

『越前屋』の番頭は、百合江の作った飾り結びを吟味し、その出来栄えに微笑んだ。

百合江は、内職代と新たな注文を受け取り、『越前屋』を出た。そして、夫の和馬の好物の鮑《あわび》を買い、八丁堀に向かった。

京橋を出て楓川《もみじがわ》に架かる弾正橋《だんじょうばし》を渡り、八丁堀沿いを進み、本八丁堀二丁目の角を北に曲がると八丁堀御組屋敷街になる。

百合江は、弾正橋に差し掛かった。

御高祖頭巾《おこそずきん》を被った武家の妻女が、俯《うつむ》き加減に渡って来た。

百合江は、弾正橋の上で御高祖頭巾を被った武家の妻女と擦れ違った。

珠代《たまよ》さま……。

百合江は、思わず振り返った。

御高祖頭巾を被った武家の妻女は、俯き加減で足早に弾正橋を渡って行った。

百合江は、弾正橋に佇んで御高祖頭巾を被った武家の妻女を見送った。

人違いか……。

百合江は、御高祖頭巾を被った武家の妻女が娘の頃に親しく往き来していた珠代だと思って振り返ったのだ。

珠代だったら私に気付き、同じように振り返った筈だ……。

しかし、御高祖頭巾を被った武家の妻女は、振り返らずに通り過ぎて行った。

良く似た他人……。

百合江は、弾正橋を渡って八丁堀沿いの道を組屋敷に向かった。

八丁堀には艀《はしけ》が行き交っていた。

百合江は、八丁堀沿いの道を進んだ。

珠代に変わりはないのだろうか……。

百合江は、いつしか珠代を思い出していた。

珠代は小池《こいけ》と云う旗本の娘であり、一緒に習い事や遊びに行った仲の良い友だった。そして、珠代は十年前に結城主水《ゆうきもんど》と云う御賄頭《おんまかないがしら》に嫁いだ。

以来、百合江は珠代と一度か二度しか逢っていなかった。

珠代は幸せに暮らしているのかしら……。

百合江は、珠代に想いを馳せながら本八丁堀二丁目の角を北に曲がり、町奉行所の与力や同心が暮らしている御組屋敷街に進んだ。


南町奉行所定町廻り同心の神崎和馬は、恋女房の百合江の給仕で朝飯を食べ終えて茶を飲んでいた。

「今日も何事もなければ良いですね」

「うん。俺たち三廻りが忙しいってのは、誰かが泣きをみているって事だからな」

和馬は茶を飲んだ。

「ええ……」

百合江は頷いた。

木戸門が叩かれた。

「神崎の旦那、柳橋の勇次です……」

下っ引の勇次の急いた声がした。

「貴方……」

「うん。着替える。勇次を頼む……」

和馬は命じた。

「心得ました」

百合江は、台所の勝手口を出て木戸門に向かった。

木戸門の外には、勇次がいた。

「只今、門を……」

百合江は木戸門を開けた。

「おはようございます。神崎の旦那は……」

「今、着替えております」

「そうですか……」

「勇次さん、何か……」

百合江は眉をひそめた。

「ええ。賄方御出入りの漆器屋《しつきや》の旦那がちょいと……」

勇次は、言葉を濁した。

「そうですか……」

「おう。待たせたな、勇次……」

和馬は着替え、巻き羽織姿で組屋敷から出て来た。

「いえ。おはようございます」

「事件か……」

「はい。殺しです」

「何処だ……」

「不忍池の畔です」

「よし。道々、聞かせて貰う。じゃあ百合江、行ってくるぜ」

「お気を付けて……」

百合江は、勇次を従えて足早に行く和馬を見送った。

「賄方御出入り……」

百合江は、珠代の夫の結城主水が御賄頭なのを思い出し、何故か微かな不安を覚えた。


不忍池の畔の雑木林には、陽光が斜めに差し込んでいた。

岡っ引の柳橋の幸吉は、手先の新八と清吉に事件を見た者を捜させた。

「親分、神崎の旦那がお見えです……」

勇次が、和馬を誘《いざな》って来た。

「おはようございます」

幸吉は、和馬を迎えた。

「やあ。御苦労さん……」

「いえ……」

幸吉は、死体に掛けられている筵《むしろ》を捲《めく》った。

初老の男の苦悶に満ちた死に顔が現れた。

和馬は手を合わせ、血に汚れた傷を検《あらた》めた。

刀傷は、左肩から袈裟《けさ》懸けに斬り下げられていた。

「止《とど》めは……」

「いえ。他に傷はありません」

「袈裟懸けの一太刀とは、かなりの遣い手だな……」

「はい。血の乾き具合や死体の強張り具合からみて、斬られたのは昨夜遅くかと思います」

「うむ。で、財布は……」

「無事です。物盗りの仕業ではないですね」

幸吉は睨んだ。

「そうか……」

和馬は、幸吉の睨みに頷いた。

「はい。で、持ち物から下谷は上野北大門町《きただいもんちょう》にある漆器屋恵比寿屋《えびすや》の主、喜三郎《きさぶろう》さんだと分かりましてね」

「漆器屋恵比寿屋の喜三郎……」

「はい。で、恵比寿屋は御公儀の賄方に膳や椀を納めているそうです」

「御公儀御用達《ごようたし》か……」

和馬は眉をひそめた。

「はい。それで昨夜は、此の先にある若柳《わかやぎ》って小料理屋で酒を飲んだ帰りだったとか……」

「若柳では誰かと逢っていたのかな……」

「いえ。一人です……」

「一人……」

「ええ。喜三郎の旦那は、小さな店から身を起こしたのですが、その頃から月に二、三度一人で若柳に来て酒を飲んでいたそうです」

幸吉は、和馬が来る迄にかなりの事を調べていた。

「そして、帰りに斬られた。柳橋の、斬った野郎はそいつを知っていて待ち伏せしたのかもしれないな」

和馬は読んだ。

「ええ……」

幸吉は頷いた。

「神崎さま……」

自身番の店番《たなばん》がやって来た。

「何だ……」

「宜しければ、そろそろ仏さまを……」

店番は、遠慮がちに告げた。

「おお、そうだな。よし、仏さんを家に帰してやりな……」

和馬は許し、喜三郎に再び手を合わせて雑木林を出た。

幸吉と勇次は続いた。


「親分……」

見た者を捜していた新八と清吉が、駆け寄って来た。

「此は神崎の旦那……」

新八と清吉は、和馬に挨拶をした。

「おう。御苦労さん」

「どうだ……」

「今の処、見た者は見付かりません」

新八は報せた。

「そうか……」

「ですが、もう少し聞き込みを続けてみます」

新八と清吉は告げた。

「頼む。じゃあ神崎の旦那、あっしと勇次は、昨夜の喜三郎さんの足取りと恨まれているような事がなかったか、調べてみます」

「よし。じゃあ俺は、恵比寿屋が公儀御用達として揉め事がなかったか調べてみるよ」

和馬は、久蔵への報告を兼ねて南町奉行所に行く事にした。


小料理屋『若柳』は、茅町《かやちょう》二丁目にある古い小さな店だった。

幸吉と勇次は、小料理屋『若柳』を訪れた。

小料理屋『若柳』の年老いた主夫婦は、長年の馴染客の喜三郎が殺されたのに驚き、悄然《しょうぜん》としていた。

「長い付き合いだったようですね」

幸吉は尋ねた。

「ああ。お互いに若い頃からの付き合いでね。商いが上手くいった時、失敗した時、何かにつけて此処に来て、一人で沁み沁み酒を飲んでいてね。漸く御公儀の御用達になれたのに、何処の誰が……」

老亭主は悔しげに吐き棄て、老女将はすすり泣いた。

「それで喜三郎さん、誰かと揉めていたとか、恨みを買っていたような事はありませんでしたか……」

「あっしの知っている限り、揉めてもいなかったし、恨まれてもいなかったよ」

「そうですか……」

「親分さん、喜三郎さんは真面目な働き者で、若い頃の苦労を忘れず、店が大きくなっても偉ぶらない人です。どうか、一刻も早く殺《や》った奴を捕まえて下さい。お願いします」

老亭主と老女将は、幸吉と勇次に深々と頭を下げた。

昨夜、漆器屋『恵比寿屋』の喜三郎は、一人で『若柳』を訪れて静かに酒を飲み、亥《い》の刻四つ(午後十時)に帰った。

その後、喜三郎は不忍池の畔の雑木林で何者かに殺されたのだ。

幸吉と勇次は、喜三郎の足取りを辿り下谷の上野北大門町の漆器屋『恵比寿屋』に向かった。

　不忍池は陽差しに輝き、畔には散策を楽しむ人たちがいた。

　南町奉行所の久蔵の用部屋には、中庭からの微風が吹き抜けていた。

「ほう。公儀賄方御用達の漆器屋の主が殺された……」

　久蔵は眉をひそめた。

「はい。柳橋が仏さんの身辺と恨みを買っていなかったか調べていますが、賄方で何かあるのかもしれません」

「賄方か……」

　賄方は、賄頭の下に膳所及び奥や表台所に魚や蔬菜《そさい》などを供給する役目だ。賄頭は六人おり、御膳、椀、家具類などを司《つかさど》っていた。

「はい。殺された喜三郎は漆器屋。賄方に拘りがあるとしたら、おそらく膳や椀を司っている賄頭かも……」

　和馬は読んだ。

「よし。俺の知り合いに配下の賄組頭がいる。そいつに逢ってみるか……」

　吹き抜ける微風は、久蔵の鬢《びん》の解《ほつ》れ髪を揺らした。

神崎家の組屋敷の庭には、百合江が植えた菊の花が咲いていた。

百合江は、裏庭に洗濯物を干し終えた。

「御免下さい……」

母屋の玄関に若い男の声がした。

誰か来た……。

百合江は返事をし、裏庭から玄関先に急いで廻った。

若い侍が玄関先に佇んでいた。

「お待たせ致しました。どちらさまにございますか……」

百合江は、若い侍を見詰めた。

「あの。神崎百合江さまにございますか……」

若い侍は、百合江に緊張した眼を向けた。

「は、はい。左様にございますが、貴方さまは……」

百合江は戸惑った。

「私は結城珠代さまの使いの者にございます」

「珠代さまの……」

百合江は驚いた。

「はい。此を渡すように申しつかって参りました」

若い侍は、懐から小さな包みを取り出した。

「珠代さまが私に……」

「はい……」

若い侍は頷いた。

百合江は、珠代からの小さな包みを受け取った。

「では、私は此で……」

若い侍は、会釈をして立ち去ろうとした。

「あの、珠代さまにはお変わりなく……」

百合江は尋ねた。

「は、はい。ですが……」

若い侍は眉をひそめた。

「ですが……」

百合江は戸惑い、若い侍を見詰めた。

「神崎百合江さま、どうか、どうか、珠代さまのお力になってやって下さい」

若い侍は、哀しげな面持ちで百合江に深々と頭を下げた。

「貴方、お名前は……」

「私は夏川真之助《なつかわしんのすけ》と申しまして、結城家の家来にございます」

若い侍は名乗り、足早に立ち去った。

「夏川真之助どの……」

百合江は、怪訝な面持ちで夏川真之助を見送り、珠代からの小さな包みを持って屋敷に入った。


包みの中には、小さな桐箱が入っていた。

百合江は、怪訝な面持ちで小さな桐箱の蓋《ふた》を開けた。

桐箱の中には、翡翠《ひすい》の帯留が入っていた。

「これは……」

百合江は、翡翠の帯留を見て思わず呟いた。

翡翠の帯留は、珠代が娘の時から大事にしている物だった。

「大事な翡翠の帯留……」

百合江は戸惑った。

何故、珠代は娘の時から大切にしている翡翠の帯留を渡したのだ。

何故……。

百合江に疑念が湧いた。

小さな桐箱の底には、折り畳まれた書付けが入っていた。

書付け……。

百合江は、折り畳まれた書付けを取り出して開いた。

書付けには、『百合江さま、楽しい時をありがとうございました。珠代』と書かれていた。

「楽しい時をありがとうございました……」

百合江は眉をひそめた。

別れの手紙……。

百合江はそう思った。

珠代の身に何かが起こっているのか……。

百合江の疑念は募《つの》った。

下谷、上野北大門町の漆器屋『恵比寿屋』は大戸を閉め、主の喜三郎の弔いの仕度をしていた。

幸吉と勇次は、『恵比寿屋』を訪れてお内儀《かみ》と番頭に逢った。

「それで、喜三郎の旦那が殺された心当りはありますか……」

幸吉は尋ねた。

「いいえ。私はありませんが、番頭さん……」

お内儀は、泣き腫《は》らした顔で番頭を促した。

「は、はい。手前も此と云った心当りはございませんが……」

番頭は困惑した。

「商いの方で揉めていたとか、恨まれていたとかは……」

「手前の知る限りではございません……」

番頭は首を捻った。

「そうですか……」

喜三郎は、同業者に敵を作らず、円満な商いをしていたようだ。

幸吉は読んだ。

「あの、公儀御用達の方もですか……」

勇次は訊いた。

「え、ええ……」

番頭は、微かに浮かんだ狼狽《ろうばい》を隠すように頷いた。

何か知っている……。

「番頭さん……」

勇次は、番頭を厳しく見据えた。

「は、はい……」

番頭は怯えた。

「勇次……」

幸吉は制した。

「はい……」

「番頭さん、もし何か知っている事があれば、正直に話しちゃあくれませんかい」

幸吉は、穏やかに頼んだ。

「は、はい。拘りあるかどうかは分かりませんが、実は御公儀御用達を御役御免になりまして……」

「御公儀御用達を御役御免……」

幸吉は眉をひそめた。

「どうしてですか……」

勇次は問い質した。

「さあ、理由は良く分かりません」

番頭は、困惑を浮かべた。

「分からない……」

「で、喜三郎の旦那は、どうしたんですか……」

幸吉は訊いた。

「はい。旦那さまは驚き、賄頭の結城さまの許に……」

「賄頭の結城さま……」

「はい。結城主水さまです」

「それで……」

幸吉は促した。

「旦那さまは、此方に何か不手際があったのかとお尋ねしたそうです。ですが、結城さまは唯々、御役御免だと云うばかりだったそうにございます」

「で、恵比寿屋に代わって他の漆器屋が御公儀御用達になったのですか……」

「はい。本石町《ほんごくちょう》の山城屋《やましろや》さんが……」

番頭は、悔しげに顔を歪めた。

「親分……」

「うん……」

漆器屋『恵比寿屋』喜三郎殺しは、御公儀御用達御免が絡んでいるのかもしれない。

幸吉は、微かな緊張を覚えた。

二

八十石取りの御家人の岸田平四郎《きしだへいしろう》は、八人いる賄組頭の内の一人で心形刀流《しんぎょうとうりゅう》の久蔵の弟弟子だった。

久蔵は、和馬を伴って下谷御徒町《おかちまち》の岸田屋敷を訪れた。

「此は秋山さま……」

岸田平四郎は、折良く非番で屋敷におり、久蔵と和馬を座敷に通した。

久蔵は、急に訪れたのを詫び、岸田に和馬を引き合わせた。

「ほう。定町廻りの旦那が逢いたいとは、何か事件ですかな」

岸田は微笑んだ。

「うむ。和馬……」

久蔵は頷き、和馬を促した。

「はい。実は賄方に出入りを許されている漆器屋恵比寿屋の主の喜三郎が、昨夜何者かに斬り殺されましてね」

「えっ。恵比寿屋の喜三郎が……」

岸田は驚いた。

「ええ。喜三郎を御存知ですね……」

「うむ。直に仕事をしてはいないが、恵比寿屋は膳や椀を納めていまして。扱いは賄頭の結城主水さまですが、我らにも礼を欠かさぬ律儀な男ですよ」

「ならば、賄方で誰かと揉めていたとか、恨まれていたとかは、ありませんか……」

「ないと思うが……」

岸田は眉をひそめた。

「何か……」

和馬は、岸田が眉をひそめたのを見逃さなかった。

「う、うむ……」

岸田は、微かな躊躇いを滲ませた。

「平四郎……」

久蔵は、優しげな笑みを浮かべた。

「分かりましたよ。秋山さまの猫撫で声には剃刀《かみそり》が秘められていますからね」

岸田は苦笑した。

「ええ。同感です……」

和馬は、笑みを浮かべて頷いた。

「実は、恵比寿屋は此の度、御用達から外されましてね」

「御用達を外された……」

和馬は眉をひそめた。

「ええ。賄頭の結城主水さまが、膳や椀を納める御用達を恵比寿屋から日本橋は本石町の山城屋に代えましてね」

「代えた理由は……」

「賂《まいない》ですよ……」

「賂……」

「ええ。結城さまが山城屋から多額の賂を貰い、恵比寿屋を外して山城屋を御用達にした。ま、噂ですがね」

「それで、恵比寿屋の喜三郎は……」

「表立っては大人しく退き下がったようですが、流石に腹に据えかねていたとか……」

岸田は、喜三郎への同情を漂わせた。

「そうですか……」

「和馬……」

「はい。腹に据えかねた喜三郎は、結城さまと山城屋の癒着を調べ始め、それを恐れた者が……」

和馬は読んだ。

「うむ。して平四郎、賄頭の結城主水、どのような男なのだ」

「役目に関しては、それなりの切れ者、遣り手なのですが、いろいろと噂がありましてね」

「悪い噂か……」

「そりゃあもう。家来や奉公人たちを冷たく扱うとか、金や女に纏《まつ》わる噂が……」

「女……」

「ええ。奥方に子が出来ぬのを口実に次々と妾《めかけ》を作っているとか……」

「そんな野郎か……」

久蔵は眉をひそめた。

「ええ。ま、私は出来るだけ近付かないようにしていますがね」

岸田は笑った。

「そいつが利口だ。下手に近付くと、思わず殴り飛ばして御役御免になるのがおちだ」

久蔵は、岸田の人柄を読んで笑った。

漆器屋『恵比寿屋』喜三郎は、賄頭の結城主水と同業の『山城屋』と秘かに揉めていた。

「殺ったのは結城の手の者ですかね……」

和馬は眉をひそめた。

「それとも山城屋か……」

久蔵は読んだ。

「腕の立つ食い詰め浪人でも金で雇いましたか……」

「ああ。山城屋も調べてみるんだな」

「心得ました」

和馬は、南町奉行所に戻る久蔵と別れ、日本橋本石町の漆器屋『山城屋』に向かった。


外濠には水鳥が遊び、幾つもの波紋が広がっていた。

漆器屋『山城屋』は外濠の傍にあり、『御公儀御用達』の金看板が掲げられていた。

幸吉は、物陰から客の出入りしている『山城屋』を見守っていた。

「親分……」

勇次が駆け寄って来た。

「分かったかい……」

「はい。山城屋の主は惣兵衛《そうべえ》、中々の商売上手だそうですよ」

　勇次は告げた。

「商売上手か……」

「ええ。押したり引いたり、脅したり賺《すか》したり。金を儲ける為には、手立てを選ばないと専《もっぱ》らの評判です」

　勇次は苦笑した。

「じゃあ、余り評判は良くないな」

「はい。陰で何をしているのか……」

　勇次は眉をひそめた。

「恵比寿屋に代わって公儀御用達になったのは、その辺も拘わっているのかもな……」

　幸吉は読んだ。

「きっと……」

　勇次は頷いた。

「おお、柳橋の……」

　和馬がやって来た。

「こりゃあ、和馬の旦那……」

幸吉と勇次は、和馬を迎えた。

「柳橋も山城屋に行き着いたか……」

和馬は、漆器屋『山城屋』を眺めた。

「はい。和馬の旦那もですか……」

「ああ。よし、ちょいと蕎麦でも啜るか……」

和馬は、互いに摑んだ情報を教えあう為に、漆器屋『山城屋』の斜向いにある蕎麦屋を示した。

「はい……」

幸吉は頷き、勇次と共に和馬に続いて蕎麦屋に向かった。

陽は西に大きく傾き始めた。


溜池《ためいけ》に夕陽が映えた。

珠代の嫁ぎ先の結城家の屋敷は、溜池の横手の赤坂一ツ木町にあった。

結城屋敷は表門を閉じ、静寂に覆われていた。

百合江は、結城屋敷を窺った。

箒《ほうき》を持った老下男が裏から現れ、結城屋敷の門前を掃除し始めた。

百合江は、思い切って掃除をしている老下男に近寄った。

「あの……」

百合江は、老下男に遠慮がちに声を掛けた。

「はい……」

老下男は掃除の手を止め、百合江に怪訝な眼を向けた。

「奥さまの珠代さまは、御出でにございましょうか……」

百合江は尋ねた。

「お、奥さまにございますか……」

老下男は、微かに狼狽えた。

「はい……」

「奥さまはお留守にございます」

老下男は、申し訳なさそうに告げた。

「お留守……」

百合江は戸惑った。

「は、はい……」

「そうですか……」

「あの、貴方さまは……」

「私は神崎百合江と申しまして、珠代さまとは娘の頃から親しくさせて戴いた者にございます」

「左様にございましたか、それは御無礼致しました」

「いいえ。それでは、珠代さまがお戻りになられたら、百合江が御伺いしたとお伝え下さい」

「はい。確かに承りました」

老下男は、深々と頭を下げた。

「では……」

百合江は、老下男に頭を下げて一ツ木町の坂道を降り始めた。

珠代は、夫の結城主水と仲良く暮らしているのか……。

百合江は、不意にそう思った。

結城主水は、御公儀の賄頭だ。

賄頭……。

「賄方御出入りの漆器屋の旦那がちょいと……」

百合江は、勇次の言葉を思い出した。

溜池に映えている夕陽は、いつにも増して赤かった。


柳橋の船宿『笹舟』には、夜の船遊びをする客が訪れていた。

「今、帰ったぜ」

幸吉は、下っ引の勇次を漆器屋『山城屋』の見張りに残し、船宿『笹舟』に帰って来た。

「お帰りなさい」

女将のお糸が、帳場から出て幸吉を迎えた。

「おう……」

「お前さん、新八が待っていますよ」

「そうか……」

新八は、清吉と漆器屋『恵比寿屋』喜三郎殺しを見た者を捜していた。

幸吉は、新八を居間に呼んだ。

「若い侍……」

幸吉は、縁起棚に十手を置いて長火鉢の前に座った。

「はい。昨夜、上野仁王門前町《におうもんぜんちょう》の飲み屋に若い侍が来ましてね。その若い侍の着物に血が付いていたそうです」

「血……」

幸吉は眉をひそめた。

「はい。ひょっとしたら、喜三郎の旦那を斬った返り血かもしれません」

新八は読んだ。

「ああ。よし、新八、明日から清吉と一緒にその若い侍を捜すんだ」

幸吉は命じた。

「承知しました……」

新八は頷いた。

「此奴は探索の掛かりだ。清吉にも渡してやってくれ」

幸吉は、長火鉢の抽斗《ひきだし》から小さな金包みを二つ取り出して新八に渡した。

「はい。ありがとうございます」

新八は、二つの小さな金包みを受け取った。

幸吉は、手先たちに探索の掛かりを渡していた。それは、先代の柳橋の弥平次を見習っての事だった。

新八は、小さな金包みを受け取って居間から出て行った。

「若い侍か……」

仮に若い侍が喜三郎を斬ったのなら、漆器屋『山城屋』惣兵衛に金で雇われたのか、それとも賄頭の結城主水に命じられた者の仕業なのか……。

幸吉は、想いを巡らせた。


囲炉裏の火は燃えた。

和馬は囲炉裏端に座り、百合江の淹れてくれた食後の茶を飲んだ。

茶は美味かった。

「貴方……」

百合江は、夕食の片付けを終えて囲炉裏端の嬶座《かかざ》に座った。

「うん。何だ……」

「今朝、勇次さんが報せに来た事件、御公儀の賄方と拘りがあるのですか……」

百合江は尋ねた。

「う、うん。そうだが、どうかしたのか……」

和馬は、百合江に怪訝な眼を向けた。

「え、ええ……」

百合江は口籠もった。

「何かあったのか……」

百合江は何かを気にしている……。

和馬は気が付いた。

「ええ。実は娘の頃から親しくしていた珠代さまと仰る御方が、賄頭の方に嫁いでおりまして……」

「賄頭……」

和馬は眉をひそめた。

「はい……」

「その賄頭の名は……」

「結城主水さまと……」

「結城主水……」

和馬は戸惑った。

「はい……」

「で、その結城主水の奥方の珠代さまがどうかしたのか……」

「はい……」

百合江は、珠代が娘の頃から大切にしていた翡翠の帯留を夏川真之助と云う家来に届けさせて来たのを告げた。

「ほう。娘の頃から大切にしていた翡翠の帯留をな……」

「はい。それで、何故なのかと気になり、赤坂の結城さまの御屋敷に行ったのですが、珠代さまはお留守でして、御屋敷も何となく緊張しているような気配がして……」

「屋敷も緊張している……」

「はい。それでもしかしたら、今朝、勇次さんが報せに来た事件、珠代さまの旦那さまの結城主水さまと拘りがあるのじゃあないかと思って……」

百合江は眉をひそめた。

「そうか……」

「はい……」

百合江は、不安げに和馬を見詰めた。

「実はな、百合江。昨夜、公儀賄方御用達だった漆器屋の旦那が不忍池の畔で斬り殺されてな。調べを進めると、殺された旦那、御用達を巡って賄頭の結城主水と揉めていたのが分かった」

「では、結城さまが漆器屋の御主人を……」

百合江は驚いた。

「未だ詳しく分からぬが、有り得るのだ」

和馬は告げた。

「そんな……」

百合江は言葉を失った。

「勿論、結城が直に手を下したのではなく、何者かに命じての事だろうがな……」

和馬は読んだ。

「ならば、珠代さまが大切にされていた翡翠の帯留を私に寄越したのは、それらの事と拘りがあるのでしょうか……」

百合江は戸惑った。

「そいつは何とも云えぬが。百合江、珠代さまが大切にしていた翡翠の帯留とは……」

「此にございます……」

百合江は、茶箪笥《ちゃだんす》の抽斗から小さな桐箱を出し、和馬に渡した。

和馬は、小さな桐箱を開けて翡翠の帯留を手に取った。

「見事な翡翠だな……」

和馬は感心した。

「はい。それで、下に書付けがあります」

「うむ……」

和馬は、折り畳まれた書付けを手にした。

「読むぞ……」

「どうぞ……」

百合江は頷いた。

「楽しい時をありがとうございました……」

和馬は、書付けの文面を読み、戸惑いを過ぎらせた。

「百合江、此奴はまるで遺書だ……」

和馬は、珠代の書付けに〝死の覚悟〟を感じた。

「遺書……」

百合江は驚いた。

「ああ。そして、百合江に渡した翡翠の帯留は、形見の品。俺にはそう思える……」

和馬は、書付けと翡翠の帯留を厳しい面持ちで見詰めた。

「では、珠代さまは、もう……」

既に死んだのか……。

百合江は狼狽えた。

「落ち着け、百合江。俺の考え過ぎかも知れぬ……」

「は、はい……」

百合江は、乱れた息を整えた。

和馬は、囲炉裏に柴を焼《く》べた。

蒼白い炎が燃え上がった。

「貴方……」

百合江は、和馬に縋る眼差しを向けた。

珠代の生死を見定め、未だ無事なら助けてやって欲しいと……。

「分かった。秋山さまと相談して出来るだけの事をする」

和馬は頷いた。

「宜しくお願い致します」

百合江は、手を突いて頭を下げた。

囲炉裏に焼べた柴が爆《は》ぜ、火花が飛び散った。

三

八丁堀岡崎町の秋山屋敷の門前は、既に太市《たいち》と与平《よへい》によって掃き清められていた。

大助《だいすけ》は、弁当を腰に固く結び付け、風呂敷に包んだ書籍を抱えて表門から駆け出して来た。

「こりゃあ大助さま……」

和馬がやって来た。

「あっ。和馬さん、おはようございます。では、学問所に遅刻しそうなので……」

大助は、和馬に頭を下げて猛然と駆け去った。

和馬は、苦笑して見送った。

「こりゃあ、和馬の旦那じゃありませんか……」

老下男の与平が出て来た。

「やあ。与平、変わりはないか……」

「お陰さまで達者にしております」

与平は、歯の抜けた口元を綻《ほころ》ばせた。

「そいつは何より。で、秋山さまは……」

「今、朝餉《あさげ》を終えられ、御出仕の仕度をされておりますよ」

「そうか。じゃあ、取り次いで貰おうか……」

和馬は微笑んだ。


座敷には微風が吹き抜けていた。

「どうぞ……」

おふみは、和馬に茶を差し出した。

「造作を掛けるな」

「いいえ……」

「どうだ、おふみ。太市と仲良くやっているか……」

「はい。和馬さまは如何《いかが》ですか……」

「俺か、俺は百合江と仲良くやっているぞ」

和馬は、嬉しげに相好を崩して茶を飲んだ。

おふみは微笑んだ。

「おう。待たしたな」

久蔵が入って来た。

「では……」

おふみは立ち去った。

「で、どうした……」

久蔵は尋ねた。

「はい。実は……」

和馬は、百合江から聞いた事を話した。

「ほう。百合江さんは、結城主水の奥方と娘の頃からの知り合いだったか……」

久蔵は、思わぬ拘りに微かな戸惑いを覚えた。

「はい。で、如何思われますか……」

「うむ。翡翠の帯留と書付け、和馬が睨んだ通り、俺にも遺書と形見の品に思えるな」

久蔵は眉をひそめた。

「やはり……」

「うむ。和馬、結城主水は子の出来ぬ奥方を蔑《ないがし》ろにし、女を作っている。夫婦仲は決して良くないと聞く……」

「はい。ですが、それが恵比寿屋の喜三郎殺しと拘りがあるとは……」

和馬は首を捻った。

「ま、そうとも言い切れぬ。よし、和馬、急ぎ結城家の内偵をしてみろ……」

久蔵は命じた。

「心得ました」

和馬は頷いた。

「俺も榊原蔵人《さかきばらくらんど》さまに逢い、結城主水について尋ねてみる」

榊原蔵人は、旗本を支配している目付の一人であり、久蔵は先代の采女正《うねめのしょう》とは昵懇《じっこん》の間柄だった。

「はい……」

「和馬、此奴は俺の勘だが、結城主水の奥方の一件、喜三郎殺しと拘りがあるかもしれねえぜ……」

久蔵は、厳しい面持ちで告げた。

柳橋の幸吉は、和馬に結城家の内偵を進めると聞き、老練な托鉢坊主の雲海坊としゃぼん玉売りの由松を当てた。

「雲海坊と由松か……」

「はい。それから旦那、喜三郎の旦那が殺された夜、上野仁王門前町の居酒屋に血の付いた着物を着た若い侍が現れたそうです」

「若い侍……」

和馬は眉をひそめた。

「ええ。新八と清吉が足取りを追っています」

「そいつの仕業かもしれないな、喜三郎殺しは……」

「和馬の旦那もそう思いますか……」

「ああ、柳橋もか……」

「はい……」

幸吉は頷いた。

「柳橋の、若い侍を頼む。俺は赤坂の結城屋敷に行ってみる」

「承知……」

和馬と幸吉は、それぞれのやる事を決めた。


榊原屋敷の書院は静けさに満ちていた。

久蔵は、出された茶を飲んだ。

「お待たせ致しました……」

目付の榊原蔵人は、若々しい顔に笑みを浮かべて入って来た。

「いえ。突然の訪問、お許し下さい」

久蔵は詫びた。

「いえ。秋山どのは亡くなった父の友、互いに助け合って御役目を果たして来た御方。私もいろいろお世話になります。宜しくお願いします」

蔵人は、久蔵に深々と頭を下げた。

「いえ。過分なお言葉、痛み入ります」

「して、御用は……」

「実は御賄頭の結城主水についてちょいとお尋ねしたい事がありましてね」

「賄頭の結城主水……」

蔵人は、太い眉をひそめた。

「はい……」

何かある……。

久蔵の勘が囁いた。

「秋山どの、結城主水が何か……」

「実は……」

久蔵は、蔵人に結城主水が漆器屋『恵比寿屋』喜三郎殺しに拘りがあるようだと告げた。

「そうですか……」

蔵人は、大して驚きはしなかった。

「蔵人さま……」

久蔵は、蔵人が結城主水について何か知っていると睨んだ。

「はい。結城主水が御役目を利用して賄賂《わいろ》を受け取り、私腹を肥やしていると、公儀に訴えて出た者がおりましてね」

「ええ。ですが、匿名でどれだけの信憑性《しんぴょうせい》があるかも分からなくて……」

「そうでしたか……」

匿名で訴え出たのは、漆器屋『恵比寿屋』の喜三郎なのかもしれない。

「それで、私なりに結城主水の身辺を秘かに調べたのですが……」

「はい……」

「結城主水、気に入らぬ事があれば家来や奉公人を平然と手討にしたりし、奥方は側女が多いのに嫌気が差し、離縁をしてくれと頼んだそうです」

「ほう。離縁を、して……」

「結城は、離縁はしない、生涯飼殺しにしてくれると、冷たく嘲笑ったとか……」

蔵人は奥方に同情し、腹立たしげに吐き棄てた。

「嘲笑った……」

久蔵は、結城主水の冷酷で残忍な人柄を知った。

溜池を背にし、赤坂一ツ木町の通りを進むと旗本屋敷が連なっている。

和馬は、巻き羽織を脱いで着流し姿になり、結城主水の屋敷に向かった。
結城屋敷は表門を閉め、人の出入りはなかった。
和馬は、物陰に潜んで結城屋敷を窺った。
下手な経が聞こえて来た。
うん……。
和馬は、経の聞こえて来る方を見た。
薄汚い托鉢坊主が、旗本屋敷の前で経を読んでいた。
雲海坊か……。
和馬がそう思った時、托鉢坊主が饅頭笠《まんじゅうがさ》をあげて顔を見せた。
雲海坊だった。
和馬は頷いて見せた。
雲海坊は、和馬を誘うように歩き出した。
和馬は続いた。

「評判悪いですね。結城主水……」
雲海坊は、由松と既に聞き込みを掛けており、呆れ顔で告げた。

「そんなにか……」

「そりゃあもう、出入りの商人たちはみんな呆れていますよ」

「そうか。で、奥方の珠代さまについては何か分かったか……」

和馬は、緊張した面持ちで尋ねた。

「そいつが、奥方さまは病で寝込んでいるとか、実家に帰ったとか、いろいろな噂がありましてね……」

「はっきりしないか……」

「はい……」

「何れ《いず》にしろ、余り良い噂はないようだな」

和馬は眉をひそめた。

「ええ。それで今、由松が奥方の事を詳しく知っている者を捜しています」

「そうか。処で結城家家中の者に袈裟懸けの一太刀で人を斬り殺せる者はいるかな」

「恵比寿屋の喜三郎旦那殺しですか……」

「うん……」

「いろいろ聞き込んだ限りでは、夏川真之助って若い家来がかなりの遣い手だとか……」

　雲海坊は告げた。

「夏川真之助……」

　和馬は、聞いた覚えがあった。

「知っているんですかい……」

「俺は逢っちゃあいないが。確か奥方の使いで百合江の処に来た家来だ」

「じゃあ、百合江さまは夏川真之助の顔を御存知なのですね」

「うん。覚えていると思うが……」

「で、和馬の旦那は、その夏川真之助が喜三郎旦那を斬ったと……」

「新八たちの聞き込みじゃあ、喜三郎が殺された夜、近くの仁王門前町の飲み屋に血の付いた着物を着た若い侍が訪れたそうだ。夏川真之助が主人の結城主水に命じられて殺ったとしても不思議はないだろう」

　和馬は読んだ。

「ええ。もしそうだとしたら夏川真之助、気の毒な話ですね」

「うん。愚かな主人を持った家来程、惨めで哀れな者はいない……」

　和馬は、夏川真之助に同情すると共に結城主水に対する怒りを覚えた。

「兄貴、こりゃあ和馬の旦那……」

駆け寄って来た由松が、和馬に挨拶をした。

「おう。御苦労さんだな」

「いえ……」

「で、詳しい事を話してくれそうな者はいたかい……」

「はい。奥方さまに可愛がられている竹造《たけぞう》って老下男がいましてね。何とか近付いてみようかと思っております」

由松は告げた。

「由松。済まぬが、そいつを急いでくれ」

和馬は命じた。


漆器屋『山城屋』の前には大八車が止まり、人足が手代や小僧たちと忙しく荷下ろしをしていた。

新しい品物が届いたのか……。

勇次は、斜向いにある蕎麦屋の二階の座敷の窓から見張っていた。

「御苦労さん……」

幸吉がやって来た。

「いえ……」

「どうだ、旦那の惣兵衛は……」

「少なくとも、あっしが見張りに付いてからは、妙な動きはしちゃあいません」

「そうか……」

「で、ちょいと山城屋の小僧や下男に聞き込んだのですがね。惣兵衛は此処四、五日、出掛けた事は一切ないそうです」

「一切出掛けていない……」

幸吉は戸惑った。

「それ迄は、毎日毎晩のように出掛けていたそうですがね」

勇次は苦笑した。

「そいつが、此処四、五日、一切出掛けていないのか……」

幸吉は眉をひそめた。

「ええ。親分、惣兵衛は喜三郎の旦那が殺されると知っていて、怪しまれるのを恐れて出掛けずにいるんじゃありませんかね」

勇次は読んだ。

「ずっと家にいたので、喜三郎旦那殺しには何の拘りもないと云いたい訳か……」

「違いますかね……」

勇次は頷いた。

「商売上手な惣兵衛のやりそうな狡猾な真似だが、小細工が過ぎたかもしれないな」

幸吉は苦笑した。

「ええ。こうなったら惣兵衛が動く迄、張り付いてやりますよ」

勇次は、冷ややかな笑みを浮かべた。

血の付いた着物を着たと思われる若い侍が、神田川に架かる昌平橋を渡って行くのを袂《たもと》に屋台を出していた夜鳴蕎麦屋の亭主が見ていた。

新八と清吉は、それらしい若い侍の足取りを追った。

夜鳴蕎麦屋の亭主が見た若い侍は、昌平橋を渡って八ッ小路の闇を進んで行った。

新八と清吉は、粘り強く若い侍の足取りを捜し続けた。

溜池を吹き抜けた風は涼やかだった。

結城屋敷の裏手から老下男が出て来た。

「下男の竹造です……」

由松は、和馬と雲海坊に伝えた。

竹造は、百合江が訪れた時に掃除をしていた老下男だった。

竹造は菅笠を被り、足早に溜池に向かった。

「雲海坊、此処を頼む」

「承知……」

「追うぞ、由松……」

和馬は、雲海坊を残して物陰を出た。

由松が続いた。

竹造は溜池沿いから愛宕下《あたごした》に抜け、汐留川《しおどめがわ》に架かる土橋を渡って外濠沿いの道を北に向かった。

和馬と由松は尾行た。

竹造は、背後を警戒する様子もなく進んだ。

「何処に行くんですかね……」

由松は眉をひそめた。

「うむ……」

竹造は山下御門、数寄屋橋《すきやばし》御門、鍛冶橋《かじばし》御門、呉服橋御門の前を通り、日本橋川に架かる一石橋を渡った。そして、常盤橋《ときわばし》御門の前を抜けて日本橋本石町に進んだ。

和馬は気が付いた。

日本橋本石町には漆器屋『山城屋』がある。

「竹造の行き先、漆器屋の山城屋だ……」

和馬は読んだ。

「山城屋……」

「殺された喜三郎の恵比寿屋に代わって御用達になった漆器屋だ」

「ああ。じゃあ、結城の使いですかね」

「きっとな……」

和馬は頷いた。

漆器屋『山城屋』は暖簾を揺らしていた。

竹造は店の前に立ち止まり、菅笠を脱いで漆器屋『山城屋』を眺めた。そして、暖簾を潜って店に入って行った。

和馬と由松は見送った。

「結城の使いなら直ぐに出て来ますね」

「ああ……」

和馬は、斜向いにある蕎麦屋の二階の窓を見上げた。

二階の窓には、漆器屋『山城屋』を見張っている勇次の顔が僅かに見えた。

「和馬の旦那……」

由松が囁いた。

老下男の竹造が、漆器屋『山城屋』から出て来て菅笠を被ろうとしていた。

「よし。話を聞くぞ」

「は、はい……」

和馬と由松は、竹造の許に進んだ。

竹造は、近付いて来る定町廻り同心の和馬と由松を見て立ち竦《すく》んだ。

「結城屋敷の竹造だね」

和馬は尋ね、由松は背後を固めた。

「は、はい……」

竹造は怯えた。

「ちょいと訊きたい事がある。付き合って貰うよ」

和馬は笑い掛けた。


和馬と由松は、竹造を連れて蕎麦屋の二階の座敷にあがった。

「和馬の旦那、由松の兄貴……」

勇次は戸惑った。

「勇次、結城屋敷の下男の竹造だ」

和馬は囁いた。

勇次は頷き、茶を淹れ始めた。

由松は、勇次に代わって窓辺に寄り、漆器屋『山城屋』を見張った。

「さあ、座ってくれ」

和馬は、竹造に勧めた。

「は、はい……」

竹造は、怯えた面持ちで座った。

「さあて竹造、今日は何しに山城屋に来たのかな」

「だ、旦那さまの言い付けで、山城屋の旦那さまにお手紙を届けに参りました」

竹造は、微かに声を震わせた。

「何の手紙か分かるかな」

「いいえ。分かりません」

「そうか……」

「ま、茶でもどうぞ……」

勇次は、和馬と竹造、そして由松に茶を差し出した。

「あ、ありがとうございます」

竹造は、戸惑ったように頭を下げた。

「竹造、夏川真之助を知っているね」

和馬は、穏やかに尋ねた。

「は、はい……」

竹造は狼狽えた。

「今、何処にいる」

「お、お役人さま……」

竹造は、喉を引き攣《っ》らせた。

知っている……。

竹造は、夏川真之助が喜三郎を斬ったのを知っているのだ。

和馬は気が付いた。

「竹造、夏川真之助が漆器屋恵比寿屋の喜三郎を斬り殺したのだな」

和馬は、竹造に厳しく問い質した。

「旦那さまの、旦那さまの言い付けです。旦那さまが、真之助さんに喜三郎さんを斬れとお命じになったのです」

竹造は、必死の面持ちで訴えた。

「夏川真之助は断らなかったのか……」

「断れません」

「何故だ……」

和馬は眉をひそめた。

「真之助さんは、どうしても断れないんです」

竹造は、悲痛に叫んで激しく震えた。

「竹造……」

和馬は戸惑った。

四

「夏川真之助は、主結城主水の恵比寿屋喜三郎殺しの命、どうしても断れないか……」

久蔵は眉をひそめた。

「はい。竹造はそう云ったきり、頑として口を噤《つぐ》みましてね」

和馬は、残念そうに告げた。

「して、竹造はどうした」

「引き留め過ぎて屋敷に帰るのが遅れ、結城主水に疑念を抱かせてはなりませんので、由松に送らせました」

和馬は、溜息を洩らした。

「うむ。それでいい……」

久蔵は頷いた。

「それにしても、主の命ってのは、人殺しでも断れないもんなんですかね」

「うむ。断るには奉公を辞めるか、腹を切るしかあるまい」

「でしたら、馬鹿な主にさっさと見切りをつけて奉公を辞めれば良いんですよ。それなのに……」

和馬は、腹立たしげに吐き棄てた。

「和馬、夏川もそいつは考えた筈だ」

「でしたら……」

和馬は苛立った。

「和馬、それが出来ない時とは、どのような時かな……」

久蔵は、厳しさを滲ませた。

「出来ない時ですか……」

和馬は、久蔵に怪訝な眼を向けた。

「うむ。おそらくそいつは、断ると己だけではなく、他の者にも累が及ぶ時だ」

「断ると他の者に累が及ぶ……」

和馬は眉をひそめた。

「うむ。和馬、結城主水の奥方の珠代は、側女を何人も作り、自分を蔑ろにする結城に離縁してくれと頼んだ。だが、結城は離縁はせずに、生涯飼殺しにしてくれると、冷たく嘲笑ったそうだ」

「秋山さま、夏川真之助が喜三郎殺しを断ると累が及ぶ者とは……」

和馬は緊張した。

「うむ。奥方の珠代かもしれぬ」

久蔵は、厳しい面持ちで読んだ。

「秋山さま……」

和馬は眉をひそめた。

「和馬、離縁はしない、生涯飼殺しにすると云われた珠代は絶望した。そして、若い夏川真之助はそんな珠代に同情し、二人は秘かに情を交わした」

「不義密通……」

和馬は驚いた。

「うむ。おそらく珠代は、早々に自害をする覚悟だったのだ」

「それで、百合江に翡翠の帯留を……」

和馬は気が付いた。

和馬は、百合江の哀しげな顔を思い浮かべ、己の睨みが当たったのに落胆した。

「やはり、形見か……」

「うむ……」

「だが、珠代の不義は結城に知れた」

「結城に……」

「不義はお家の御法度、不義者成敗で手討にするのが定法。おそらく珠代は、手討にされる前に自害をしようとした。しかし、結城はそれを許さず、珠代を座敷牢にでも閉じ込めた。そして、夏川に喜三郎を斬り殺せと命じた。喜三郎を斬らなければ、珠代と一緒に手討にすると云ってな」

「不義者成敗ですか……」

「ああ。しかし、夏川は珠代を死なせたくなかった」

久蔵は読んだ。

「ならば、夏川は珠代の為に、喜三郎殺しを引き受けましたか……」

和馬は、夏川真之助の珠代への深い思慕を知った。

「うむ。下男の竹造はそれを知っており、珠代を世間の好奇の眼に晒《さら》したくない一心で口を噤んだのだろう……」

久蔵は、竹造の腹の内を推し測った。

南町奉行所の中庭に煌めいていた木洩れ日は、いつの間にか消え去っていた。


陽は沈み始めた。

結城屋敷の表門が開いた。

雲海坊と由松は、開いた表門を見詰めた。

武家駕籠《かご》が三人の家来を従え、中間たちに見送られて出て来た。

「兄貴……」

由松は緊張した。

「ああ。駕籠にはおそらく結城主水が乗っているんだろう」

「ええ。それから駕籠の後ろの若い家来、夏川真之助かもしれませんぜ」

由松は、駕籠の後ろを俯き加減に行く若い家来を示した。

「うん。よし、追うぞ」

雲海坊と由松は、武家駕籠一行を追った。

武家駕籠一行は、溜池沿いから愛宕下に抜けて外濠沿いに向かった。

「下男の竹造が山城屋に行った道筋ですぜ」

由松は眉をひそめた。

「今度は山城屋じゃあるまい……」

雲海坊は苦笑した。

武家駕籠一行は外濠沿いの道を進み、山下御門から数寄屋橋御門に差し掛かった。

「雲海坊さん、由松さん……」

秋山家の奉公人の太市がやって来た。

「やあ、太市、秋山さまのお迎えか……」

「ええ。御役目ですか……」

太市は、それとなく辺りを窺った。

「うん。そうだ、太市。和馬の旦那がいたら、俺と由松が結城主水を追って行ったと御報せしてくれ」

雲海坊は頼んだ。

「承知……」

太市は頷いた。

「じゃあ……」

雲海坊と由松は、武家駕籠一行を追った。


「結城主水が動いた……」

久蔵は眉をひそめた。

「はい……」

太市は頷いた。

「和馬、雲海坊と由松は俺が追う。お前は結城屋敷に行き、珠代の安否を確かめろ」

「はい。では……」

和馬は頷き、足早に用部屋を出て行った。

「太市、和馬と一緒に行け」

「心得ました」

太市は、和馬を追った。

久蔵は、刀を手にして立ち上がった。

町には明かりが灯り始めた。

武家駕籠一行は、日本橋川に架かっている一石橋を渡り、漆器屋『山城屋』の前を通り過ぎた。

由松は、漆器屋『山城屋』の斜向いの蕎麦屋に走った。だが、勇次はいなかった。

『山城屋』の主の惣兵衛が出掛け、勇次は追ったのかもしれない。

由松は読み、雲海坊を追った。


不忍池には月影が映えた。

武家駕籠一行は、不忍池の畔にある料理屋『梅乃香《うめのか》』の木戸門を潜った。

雲海坊と由松は見届けた。

「雲海坊の兄いと由松の兄貴じゃありませんかい……」

勇次が、雑木林から現れた。

「じゃあ、山城屋の惣兵衛も梅乃香に来ているのか……」

「ええ。武家駕籠で来たのは、結城主水ですかい……」

勇次は読んだ。

「ああ。結城主水、竹造に呼び出しの手紙を届けさせたのか……」

由松は睨んだ。

「ええ。親分の処には茅町の木戸番に走って貰いました」

勇次は告げた。

「此処か……」

久蔵が現れた。

「秋山さま……」

「うむ。みんながいる処をみると、結城主水、山城屋惣兵衛と逢っているようだな」

久蔵は冷笑を浮かべた。

「ええ。何の悪巧みをしているのやら……」

雲海坊は苦笑した。

「秋山さま、結城の供侍の中に夏川真之助もいるようです」

由松は報せた。

「夏川真之助が……」

久蔵は、厳しい面持ちで料理屋『梅乃香』を眺めた。

結城屋敷は夜の闇に覆われていた。

太市は、結城屋敷の裏門を静かに叩いた。

「あの、どちらさまにございますか……」

竹造の声がした。

「ああ。私は奥方珠代さまと知り合いの神崎百合江の夫で、神崎和馬と申す者だが……」

和馬は告げた。

「百合江さまの御主人さま……」

裏門を開け、竹造が顔を見せた。

「やあ、竹造……」

和馬は笑い掛けた。

竹造は驚き、慌てて裏門を閉めようとした。

太市が素早く止めた。

「竹造さん、此方の神崎さまが百合江さまの旦那さまですよ」

太市は告げた。

「ほ、本当に……」

「うむ。百合江が訪ねて来た時、相手をしてくれたのは、竹造、お前だね」

「は、はい……」

竹造は、和馬が百合江の亭主だと納得した。

「で、竹造、奥方の珠代さまは何処にいる」

「そ、それは……」

竹造は困惑した。

「じゃあ竹造、珠代さまに伝えてくれ。此のままでは夏川真之助は、只の人殺しとして打ち首獄門になるだけだと……」

「そんな……」

「竹造、珠代さまが自害せずにいるのは、夏川真之助を只の人殺しにしたくないからじゃあないのかな……」

和馬は読んだ。

「神崎さま……」

竹造は、老いた顔を歪めて項垂れた。

燭台の明かりは、格子で仕切られた座敷牢を仄《ほの》かに照らしていた。

結城主水の奥方珠代は、和馬に両手をついて頭を下げた。

「珠代さまですか……」

「左様にございます。百合江さまの御主人の神崎さまにございますか……」

「はい。過分な物を頂戴致し、百合江は喜んでおります」

「良かった。喜んで戴いて……」

珠代は微笑んだ。

「珠代さま、此処にいては夏川真之助が何故、恵比寿屋喜三郎を斬り棄てたのか、その仔細を証言する事を、結城主水さまは決してお許しにならないでしょう」

和馬は、珠代を厳しく見据えた。

「神崎さま……」

「我が身を棄ててでも夏川真之助を助けたいのなら、早々に此処を出るべきです。おそらく百合江も事情を知れば、そう望む筈です」

和馬は告げた。

「百合江さまも……」

「ええ……」

和馬は、穏やかに微笑んだ。


料理屋『梅乃香』からは、三味線の音が洩れていた。

結城主水は、『山城屋』惣兵衛と離れ家で逢っていた。

母屋と離れ家を繋ぐ渡り廊下には、夏川真之助たち二人の家来が控えていた。

久蔵は、駆け付けた幸吉、勇次、由松、雲海坊と料理屋『梅乃香』にあがり、女将に云って離れ家の傍の座敷に入った。

「さあて、どうします……」

幸吉は、指図を仰いだ。

「うむ。先ずは夏川真之助を押さえる」

「ですが秋山さま、夏川は旗本家家中の……」

幸吉は眉をひそめた。

「心配するな。任せて置け……」

久蔵は、不敵な笑みを浮かべて離れ家に向かった。

幸吉、勇次、由松、雲海坊は見送った。

久蔵は、離れ家の渡り廊下に近付いた。

「お、お待ち下さい……」

家来は、慌てて久蔵の行く手を遮った。

久蔵は、家来の脾腹《ひばら》に鋭く拳を叩き込んだ。

家来は呻《うめ》く間もなく悶絶《もんぜつ》し、崩れ落ちた。

「く、曲者《くせもの》……」

夏川は、刀の柄《つか》を握った。

「夏川真之助……」

久蔵は囁き、機先を制した。

夏川は、見知らぬ武士に名を囁かれて狼狽えた。

「漆器屋恵比寿屋喜三郎を斬ったな」

久蔵は云い放った。

夏川は、刀を抜こうとした。

刹那、久蔵は夏川の刀の柄頭を素早く押さえた。

夏川は、刀を抜けなくなった。

「珠代どのを助けたい一心で、主の結城主水に命じられるままに……」

久蔵は、夏川を哀れんだ。

「お、おぬしは……」

夏川は戸惑い、喉を引き攣らせた。

「南町の秋山って者だ……」

久蔵は、夏川を見据えて告げた。

「あ、秋山久蔵さま……」

夏川は久蔵の名を知っており、刀の柄を握る手を力なく落とした。

「夏川、最早此迄と心得ろ」

久蔵は、笑い掛けた。

夏川は、その場に崩れるように座り込んだ。


結城主水と漆器屋『山城屋』惣兵衛は、酒を酌み交わしていた。

「殿……」

襖《ふすま》の向こうから家来の声がした。

「どうした……」

結城主水は、盃を持つ手を口元で止めた。

控えていた家来が、襖を開けた。

次の間には、久蔵に当て落された家来が蹲るように座っていた。

「はい。只今、夏川真之助、町方に捕えられ、大番屋に引き立てられました」

「何だと……」

結城は愕然《がくぜん》とした。

「ゆ、結城さま……」

惣兵衛は、手にしていた盃を落として狼狽えた。

「誰だ。何者の仕業だ……」

結城は、怒りに声を震わせた。

「私の仕業だ……」

久蔵が現れた。

「な、何者……」

「南町奉行所吟味方与力秋山久蔵……」

久蔵は名乗った。

「秋山さま……」

惣兵衛は、激しく震えた。

「結城どの、夏川真之助、漆器屋恵比寿屋喜三郎殺しで召し捕った」

「な、何を申す秋山、夏川は旗本家家中の……」

結城は、久蔵を睨み付けた。

「結城どの、夏川真之助は既に自分は結城家を離れ、浪人したと申し立てている」

久蔵は云い放った。

「浪人だと……」

結城は困惑した。

「左様。浪人ならば我ら町奉行所の支配……」

久蔵は笑った。

「お、おのれ……」

結城は言葉を失った。

「さて、漆器屋山城屋惣兵衛……」

久蔵は、惣兵衛を見据えた。

「は、はい……」

惣兵衛は、恐怖に嗄《しゃが》れ声を引き攣らせた。

「お前も大番屋に来て貰うよ」

久蔵は、惣兵衛に笑い掛けた。

惣兵衛は凍て付いた。

「柳橋の……」

幸吉と勇次が現れ、惣兵衛を引き立てた。

「あ、秋山久蔵……」

結城は、怒りに身を激しく震わせた。

「結城どの、おぬしとは、後日、ゆっくりとお逢いしなければなりませんな」

久蔵は、不敵な笑みを浮かべて云い放った。


和馬は、珠代と竹造を八丁堀の己の組屋敷に誘った。

百合江は、珠代との再会を喜んだ。

珠代は、百合江に縋って泣いた。

「そうか。和馬は珠代と竹造を組屋敷に連れて来たか……」

久蔵は屋敷に戻り、太市の報告を受けた。

「はい。珠代さまは、御屋敷の座敷牢に閉じ込められておりました」

「座敷牢……」

久蔵は眉をひそめた。

「珠代さまは、自分は若い家来と不義を働き、手討にされても仕方のない身だと……」

太市は告げた。

「やはりな……」

睨み通りか……。

久蔵は、珠代が夏川真之助との不義を認めているのを知った。

久蔵は、夏川真之助を詮議した。

夏川真之助は、結城主水に命じられて漆器屋『恵比寿屋』主の喜三郎を闇討ちした事を認めた。

「結城の命令を断らなかったのは、断れば珠代を手討にすると脅されたからだな」

久蔵は、夏川を見据えた。

「違います。珠代さま、いえ、奥方さまは何の拘りもありません」

夏川は珠代を庇《かば》い、久蔵を必死に見返した。

「夏川、珠代はお前との不義を認めている」

久蔵は穏やかに告げた。

「た、珠代さまが……」

夏川は、激しく狼狽えた。

「左様。そして、結城は不義を働いた珠代を手討にされたくなければ、恵比寿屋の喜三郎を斬り棄てろと命じた。それ故、お前は珠代を助けたい一心で喜三郎を斬った」

「ち、違います。私は主の結城さまの命に従っただけにございます」

夏川は、懸命に訴えた。

「夏川……」

久蔵は、厳しく遮った。

夏川は息を呑んだ。

「珠代がそう証言しているんだ」

「珠代さま……」

夏川は呆然とした。

「うむ。珠代が自害もせず、座敷牢で生き恥を晒していたのは、お前の罪を少しでも軽くしたいと願い、事実を証言する為だ」

久蔵は云い聞かせた。

夏川は平伏し、激しく嗚咽《おえつ》を洩らした。

久蔵は、夏川真之助と珠代を哀れみ、結城主水に対する怒りを新たにした。


目付の榊原蔵人は、久蔵の報せを受けて結城主水を厳しく糾弾した。

漆器屋『山城屋』惣兵衛は、賄方御用達に拘わる悪事のすべてを白状した。

評定所《ひょうじょうしょ》は、結城主水に切腹を命じ、結城家取り潰しの沙汰を下した。


久蔵は、夏川真之助に遠島の仕置を下した。

夏川真之助は、流人船《るにんぶね》が出るのを待つ間、食を断ち、己が斬り殺した漆器屋『恵比寿屋』喜三郎の菩提《ぼだい》を弔った。

一月後《ひとつき》、流人船が永代橋から出る時、夏川真之助は餓死した。

久蔵は、夏川真之助の自死が報告された時、驚く事もなく手を合わせた。

実家に戻っていた珠代は、夏川真之助の自死を報され、髪を下ろして仏門に入った。

此からの生涯を尼となり、漆器屋『恵比寿屋』喜三郎と夏川真之助の菩提を弔うと決めて……。


良かった、死なないでくれて……。

百合江は、珠代が尼になると和馬に聞いて安堵した。

生きてさえいれば、いつかきっと良い事がある。

私が神崎和馬と出逢えたように……。

百合江は微笑んだ。

主の妻と不義を働き、それを脅されて人を殺した若い家来は自死した。

夫に蔑ろにされて若い家来と不義を働いた妻は、生き恥を晒して尼になった。

それで良い……。

久蔵は、何故か安堵を覚える己に苦笑した。
用部屋の庭の木洩れ日は、眩しく煌めいていた。

第三話

猿芝居

一

八丁堀岡崎町の秋山屋敷の表門は、軋《きし》みをあげて開けられた。

下男の太市が箒を手にして現れ、門前の掃除を始めた。

台所から包丁を使う音が響き、味噌汁の香りが漂っていた。

香織《かおり》小春《こはる》母娘とおふみは、朝飯作りに忙しかった。

「おふみ、お味噌汁は出来ましたか……」

「はい……」

「小春、兄上を呼んで来なさい」

「はい……」

小春は、台所を出て北側の棟に急いだ。

北側の棟の前庭では、大助が気合いを掛けながら木刀の素振りをしていた。

「兄上……」

小春は、縁側から声を掛けた。

「おう。待ち兼ねた」

大助は、木刀を小春に渡し、足早に台所に向かった。

「あ、兄上。もう……」

小春は、木刀の始末に困った。


「母上、おふみちゃん、おはようございます……」

大助は、香織とおふみに挨拶をしながら台所に入り、膳の前に座った。

「戴きます」

大助は、猛然と朝飯を食べ始めた。

味噌汁を啜り、飯を掻き込み、鯵の干物を食い散らかした。

「大助、落ち着いてお食べなさい」

香織は眉をひそめた。

「母上。腹が減って眼が覚めて、それに落ち着いて食べていたら学問所に遅刻します。おふみちゃん、お代り……」

大助は、あっと云う間に空になった茶碗をおふみに差し出した。

「はい……」

おふみは、茶碗に飯を山盛りに装った。

「えへへ……」

大助は、山盛りの飯を嬉しげに食べた。

おふみは、小鉢に卵を割り、醬油を差して大助に差し出した。

「はい、大助さま……」

「流石はおふみちゃん。此でもう一杯いける」

大助は、飯に卵を掛けて食べ始めた。

香織とおふみは、大助の食べっぷりに苦笑した。

「母上、お父上さまがお目覚めです」

小春が戻って来た。

「あら、今朝は早いのね。おふみ、大助のお弁当をね」

「はい……」

「じゃあ……」

香織は、茶を淹れて久蔵の許に急いだ。

久蔵は、茶を持って来た香織と仏壇に手を合わせた。

仏壇には秋山家の先祖、両親、先妻の雪乃《ゆきの》、そして香織の両親の位牌が祀られている。

久蔵は、合わせていた手を解いて茶を飲んだ。

茶は、寝起きの腹に染み渡った。

「美味いな……」

「それはようございました」

香織は微笑んだ。

「うむ……」

静かで穏やかな朝だ……。

久蔵は、茶を味わった。

廊下を足早に来る足音が、不意に静けさを破った。

「大助か……」

久蔵は眉をひそめた。

大助が廊下に現れた。

「父上、おはようございます。母上、行って参ります」

大助は、慌ただしく挨拶をして立ち去った。

「だ、大助……」

香織は呆れた。

「俺はあれ程、酷くなかったな……」

久蔵は苦笑した。


老下男の与平は、隠居所の脇に置かれた縁台に腰掛けて微風に吹かれていた。

「与平さん、身体の具合、どうですか……」

太市は、屋敷の周囲の掃除を終えて戻って来た。

「うん。今朝も眼が覚めちまったよ」

与平は、淋しげに笑った。

「良いじゃありませんか、眼が覚めなかったら大変だ」

「でも、お福《ふく》が淋しがっているからな……」

「大丈夫ですよ。お福さんは誰とでも仲良くなれる人ですから……」

「だけど太市、此処だけの話だが、お福は俺にぞっこん、惚《ほ》れていたからなあ」

与平は、平気で惚気《のろけ》た。

「そうですねえ」

太市は苦笑した。

「与平のじじちゃん、太市さん、行って来る」

大助は、腰に弁当を固く結び、書籍を包んだ風呂敷包みを抱えて猛然と表門から駆け出して行った。

「ああ、お気を付けて……」

太市は見送った。

「相変わらず元気者だな、大助さまは……」

与平は、眼を細めた。

「ええ。与平さん、大助さまや小春さまの行く末をしっかり見届けなければ、お福さんに叱られますよ」

「そうだな。叱られるな……」

与平は、恐ろしそうに身震いした。

「ええ。だから長生きしなくては……」

太市は微笑んだ。

「おはようございます。太市さん、じじちゃん……」

小春が駆け寄って来た。

「おはようございます」

太市は迎えた。

「朝御飯です。お父上が待っていますよ」

「はい。じゃあ与平さん……」

「おう……」

太市と小春は、与平を支えて台所に急いだ。


久蔵は、妻の香織、娘の小春、おふみ、与平に見送られて屋敷を出た。そして、太市を供にして南町奉行所に向かった。

八丁堀の組屋敷街は既に出仕の忙しい時も過ぎ、穏やかな静けさが漂っていた。

「そうか、与平、今朝も眼が覚めたと、笑っていたか……」

久蔵は眉をひそめた。

「はい。お福が淋しがっていると……」

「太市、与平はいつ何があってもおかしくない歳だ。済まぬが、気にしてやってくれ」

「仰るまでもなく……」

太市は頷いた。

久蔵と太市は、楓川に架かる弾正橋を渡り、京橋を抜けて外濠に向かった。そして、比丘尼橋《びくにばし》を渡って数寄屋橋御門内の南町奉行所に進む。

それが、久蔵の出仕の道筋だった。


南町奉行所の用部屋は陽差しに溢れていた。

久蔵は、太市の淹れた茶を飲んだ。

「御苦労だったな、太市。屋敷に引き取ってくれ」

「心得ました。では……」

太市は、久蔵に挨拶をして用部屋を後にした。

南町奉行所には、多くの人が出入りをしていた。

太市は、顔見知りの門番たちに挨拶をして表門を出た。そして、数寄屋橋御門に向かった。

数寄屋橋御門の傍には、羽織を着た初老の商人が佇んでいた。

初老の商人は、落ち着かない風情で南町奉行所を窺っていた。

何だ……。

太市は立ち止まり、初老の商人を見詰めた。

初老の商人は、太市の視線に気が付いて老顔に怯えを滲ませた。

太市は眉をひそめた。

初老の商人は狼狽え、逃げるように数寄屋橋御門に踵《きびす》を返した。

妙だ……。

太市は、追って数寄屋橋御門に向かった。

初老の商人は、外濠に架かっている数寄屋橋御門を足早に渡り、堀端を比丘尼橋に向かっていた。

太市は見送った。

「太市……」

柳橋の幸吉が、下っ引の勇次とやって来た。

「柳橋の親分、勇次の兄貴……」

太市は、秋山家に奉公する前、船宿『笹舟』で船頭の見習をしており、幸吉と勇次には世話になっていた。

「どうかしたのか……」

幸吉は、堀端を行く初老の商人を示した。

「えっ。いえ、ちょいと気になりましてね」

太市は苦笑した。

「気になった……」

勇次は眉をひそめた。

「はい。俺の顔を見て怯えたような……」

「怯えた……」

「親分……」

「うん。勇次、何処の誰か突き止めな」

幸吉は命じた。

「承知……」

勇次は、初老の商人を追って行った。

「親分……」

太市は戸惑った。

「剃刀久蔵の一番身近にいるお前が気になったんだ。何かあるかもしれねえ」

幸吉は笑った。


日本橋は行き交う人で賑わっていた。

羽織を着た初老の商人は、日本橋を渡って室町《むろまち》に進んだ。

勇次は尾行た。

初老の商人の足取りは重く、何か屈託があるように感じさせた。

太市が気にした通り何かある……。

勇次は眉をひそめた。

羽織を着た初老の商人は、室町三丁目の浮世小路に入った。そして、伊勢町に進み、西堀留川に架かっている雲母橋《きらずばし》の傍にある仏具屋『鳳来堂《ほうらいどう》』に入った。

「仏具屋鳳来堂……」

勇次は、戸口の横に掲げられている看板を読み、店内を窺った。

仏具屋『鳳来堂』の店内には仏壇や仏具が並び、手代と小僧が手入れなどをしていた。そして、羽織を着た初老の男が、前掛をして現れて奥の帳場に座った。

此の店の番頭……。

太市が気にしていた羽織を着た初老の商人は、仏具屋『鳳来堂』の番頭だった。

勇次は知った。


湯島天神の境内は参拝客で賑わっていた。

勇次は、幸吉と南町奉行所定町廻り同心の神崎和馬の見廻りの道筋を読み、湯島天神に来た。

幸吉と和馬は、湯島天神境内の茶店で茶を飲んでいた。

勇次は、羽織を着た初老の商人の素性を報せた。

「伊勢町は雲母橋の傍の仏具屋鳳来堂の番頭だったか……」

幸吉は頷いた。

「ええ。甚兵衛《じんべえ》って名前です」

勇次は告げた。

「で、その番頭の甚兵衛、何か妙な処があったのか……」

「いえ。ちょいと聞き込んだ限りじゃあ、働き者の律儀な番頭だと……」

「勇次、仏具屋鳳来堂ってのは、確か浅草広小路にもあったな」

定町廻り同心の神崎和馬は、茶を飲みながら尋ねた。

「はい。伊勢町の鳳来堂は浅草広小路の鳳来堂の出店で、主の正次郎《しょうじろう》ってのは浅草鳳来堂の旦那の弟だそうです」

「そうか、弟が出店を任されているのか……」

大店が倅の兄に本店を継がせ、弟に暖簾分けした出店を任せるのは普通の事だ。

和馬は頷いた。

「はい……」

「で、出店の鳳来堂にも妙な処はないんだな」

幸吉は念を押した。

「ええ……」

勇次は頷いた。

「じゃあ太市の睨み、外れたか……」

幸吉は眉をひそめた。

「親分、そいつなんですがね、甚兵衛の足取りは重く、何か屈託があるって様子でしてね。あっしも太市と同じように何か気になります」

勇次は苦笑した。

「それなら、ちょいと気にしてみるんだな」

「はい……」

勇次は頷いた。

湯島天神の賑わいは続いた。


浅草蔵前通りは、神田川に架かる浅草御門と浅草広小路を結び、途中にその名の謂《い》われである公儀の米蔵、浅草御蔵があった。

夜廻りの木戸番の打つ拍子木の音は、夜空に甲高く響いていた。

浅草御蔵前の暗い通りに、提灯の明かりが浮かんだ。

提灯の明かりは、浅草から神田川に向かっていた。

中年のお店の旦那は、提灯で足元を照らしながら浅草御門に進んだ。

やがて、人通りの途絶えた暗い蔵前通りの東側には、浅草御蔵の連なりが黒い影となって浮かんだ。

中年のお店の旦那は立ち止まり、浅草御蔵を見詰めて微かな怯えを過ぎらせた。

そして、吐息を洩らし、何かを振り切るように歩き出した。

提灯の明かりは揺れた。

中年のお店の旦那は、提灯を持って浅草御蔵前を進んだ。そして、浅草御蔵の中ノ御門に差し掛かった時、暗がりから着流しの侍が現れた。

中年のお店の旦那は立ち止まり、眼を固く瞑《つむ》った。

着流しの侍が、抜き打ちの一刀を閃かせた。

中年のお店の旦那は、悲鳴をあげて大きく仰け反り倒れた。

提灯が落ちた。

「助けて、人殺しだ、誰か助けてくれ……」

中年のお店の旦那は、斬られた胸元から血を滴《したた》らせて必死に助けを求めた。

浅草御蔵の向い側の町に連なる家々に明かりが灯り、人々が出て来た。

地面に落ちた提灯が燃えあがった。

出て来た人たちは、燃えあがる提灯を目印に近寄り始めた。

「助けて、助けてくれ……」

中年のお店の旦那は叫び、血を滴らせながら地面を這って必死に逃げた。

着流しの浪人は苦笑し、刀を鞘《さや》に納めて闇の彼方に消え去った。

「た、助けて……」

中年のお店の旦那は、必死に助けを求めながら気を失った。

提灯は燃え尽きた。


神崎家の木戸門が叩かれた。

勝手口から百合江が現れ、木戸門にやって来た。

「奥さま、おはようございます。柳橋の新八です……」

木戸門の外には新八がいた。

「おはようございます。御苦労さまです。さあ、どうぞ……」

百合江は、木戸門を開けて新八を招き入れた。

「神崎の旦那は……」

「只今、出掛ける仕度をしております。さあ、こちらでお休み下さい……」

百合江は、新八を台所に誘った。

「畏れ入ります」

新八は畏まった。

百合江は、大ぶりの湯呑茶碗に入れた水を新八に差し出した。

「こいつはありがたい。戴きます」

新八は、喉を鳴らして水を飲んだ。

「百合江、百合江。懐紙と手拭は何処だ……」

座敷から和馬の声がした。

「只今。御免なさいね、お待たせして。急いで仕度をさせて、連れて来ますからね」

百合江は、新八に詫びて和馬の許に急いだ。

新八は苦笑した。


日本橋川は緩やかに流れていた。

和馬と新八は、八丁堀を出て日本橋川に架かっている江戸橋を渡り、西堀留川沿いを進んだ。

「蔵前の通りでお店の主が斬られた……」

和馬は眉をひそめた。

「はい。ですが、傷は浅く、命に別状はないそうです」

「そいつは良かった。で、辻強盗か……」

「金は奪われていませんが、辻強盗じゃあないとは……」

新八は首を捻った。

「云い切れないか……」

「はい。こちらです……」

新八は、西堀留川に架かる道浄橋《どうじょうばし》を渡って西に曲がった。

「新八、浅草御蔵じゃあないのか……」

浅草御蔵に行くのなら東に曲がり、浜町や両国広小路を抜けるのが普通だ。

和馬は戸惑った。

「はい。襲われた旦那は、昨夜の内にお医者の手当てを受けて、自分の店に戻っていましてね。親分と勇次の兄貴が行っています」

「そうか……」

和馬は、新八に誘われて西堀留川沿いの道を伊勢町に進んだ。

行く手に西堀留川に架かる雲母橋が見えた。

「雲母橋……」

和馬は、思わず雲母橋の近くに仏具屋『鳳来堂』を探した。

仏具屋『鳳来堂』は、雲母橋の斜向いにあった。

「此処です、神崎の旦那……」

新八は、大戸を閉めている仏具屋『鳳来堂』を指差した。

「何……」

和馬は眉をひそめた。

「襲われたのは、此の仏具屋鳳来堂の正次郎さんって旦那です」

新八は告げた。

「そうか。襲われたのは鳳来堂の正次郎だったのか……」

和馬は苦笑した。

二

仏具屋『鳳来堂』主の正次郎は、医者の手当てを受けて蒲団に横たわっていた。

和馬と新八は、手代に案内されて座敷に入った。

「神崎の旦那……」

幸吉が迎えた。

「おう。御苦労さん……」

和馬は幸吉の隣に座り、新八は戸口に控えた。

「正次郎の旦那、此方は南の御番所の神崎さまです」

幸吉は、正次郎と付き添っていた番頭の甚兵衛に和馬を引き合わせた。

「番頭さん……」

正次郎は、番頭の甚兵衛の手を借りて身を起こした。

「神崎さま、鳳来堂の正次郎にございます」

正次郎は、丁寧に頭を下げた。

「神崎だ。正次郎、命に別状なくて何よりだ。で、襲ったのはどんな奴かな」

「はい。浪人です」

「浪人か。で、顔は見たのか……」

「それが暗く、提灯を落としたので、良く分からないのです」

「して、夜更けに蔵前の通りを一人で何を……」

「は、はい。浅草広小路にある手前共の本家からの帰り道にございます」

「本家からの帰り道か。で、襲われた心当りは……」

「柳橋の親分さんにもお話ししましたが、おそらく恨まれての事かと……」

正次郎は、云い難そうに告げた。

「恨まれての事だと……」

和馬は眉をひそめた。

「は、はい。親分さん……」

正次郎は、苦しげに幸吉を見た。

「旦那、此奴は大事な事です。旦那自身の口から神崎さまにお話しするんですよ」

幸吉は勧めた。

和馬は、正次郎が既に幸吉に話しているのに気付いた。

「はい。番頭さん、薬湯を……」

「は、はい……」

甚兵衛は、土瓶の薬湯を湯呑茶碗に注いで正次郎に差し出した。

正次郎は、薬湯を飲んで話を始めた。

「あの、仏具屋鳳来堂の本家は浅草広小路にありまして、主の宗左衛門《そうざえもん》は手前の兄で、最近、胃の腑に質《たち》の悪い腫れ物が出来る重い病に罹《かか》りましてね。お医者の見立てでは持って後一ヶ月。それで親類の者が集まり、兄が死んだ後、本家を誰に継がせるかと云う事になりましてね」

正次郎の話は分かり易かった。

「浅草鳳来堂に若旦那はいないのか……」

和馬は尋ねた。

「いえ、宗吉《そうきち》と云う二十歳になる倅がいるのですが、そいつが飲む、打つ、買うの放蕩《ほうとう》息子でしてね。親類の者たちは若旦那の宗吉より、弟の手前に本家を継げと……」

「成る程、それで若旦那の宗吉に恨まれ、命を狙われたか……」

「はい、きっと。昨夜は兄の宗左衛門を見舞に行った帰り、宗吉は浪人を金で雇い、手前を襲わせた。違うでしょうか……」

正次郎は、疲れたように顔を歪めた。

「神崎の旦那……」

幸吉は眉をひそめた。

「うむ。正次郎、話は良く分かった。ま、静かに養生して早く良くなるんだな」

和馬は、正次郎を労って座を立った。

幸吉と新八は続いた。

和馬は、幸吉や新八と仏具屋『鳳来堂』を出て来た。

「さあて、どうします」

幸吉は、和馬の指示を仰いだ。

「うん。浅草鳳来堂に行ってみよう」

「はい。勇次が行っています」

「そうか……」

「それより旦那、昨日は番頭の甚兵衛が気になる動きをして、夜にはその旦那が襲われる。いろいろありますね」

幸吉は苦笑した。

「拘りあるかな……」

「分かりません。分かりませんが、番頭の甚兵衛、ちょいと見張ってみますか」

「……」

「そうだな……」

「よし。新八、鳳来堂と番頭の甚兵衛を見張ってくれ」

「承知しました……」

新八は頷いた。

和馬と幸吉は、新八を残して浅草広小路にある仏具屋『鳳来堂』の本店に向かった。

浅草広小路は、金龍山浅草寺《せんそうじ》の参拝客や遊びに来た者たちで賑わっていた。

仏具屋『鳳来堂』は、浅草広小路に面した東仲町に店を構えていた。

本家の仏具屋『鳳来堂』は、伊勢町の出店とは違って店も広く、仏壇や仏具は勿論、仏像の品揃えも豊富だった。

「伊勢町の出店とは、随分違いますね」

幸吉は苦笑した。

「ああ……」

和馬は頷いた。

「旦那、親分……」

勇次がやって来た。

「おう。どうだ……」

幸吉は尋ねた。

「はい。殆《ほとん》ど正次郎の旦那の云った通りですね……」

勇次は、先に浅草に来て仏具屋『鳳来堂』の本家の様子を聞き込んでいた。

「そうか。よし、詳しく聞かせて貰おう」

和馬は、近くにある茶店を示した。

茶店は空《す》いており、和馬、幸吉、勇次は仏具屋『鳳来堂』が見える縁台に腰掛けて茶を頼んだ。

「で……」

幸吉は、勇次を促した。

「鳳来堂の旦那の宗左衛門さんは、お医者も見放した胃の腑の重い病だそうでしてね。若旦那の宗吉は、二十歳の癖に女遊びと博奕に現《うつつ》を抜かしている馬鹿旦那って専らの評判ですぜ」

勇次は、聞き込んだ事を報せた。

「正次郎の云う通りか……」

「ええ……」

「じゃあ、親類の者たちが、宗左衛門が死んだら弟の正次郎に本店を継がせるってのも仕方がないか……」

和馬は苦笑した。

「まあ、そうですね」

勇次は頷いた。

「で、勇次、馬鹿旦那の宗吉の周りに正次郎を襲った浪人、いそうなのか……」

幸吉は眉をひそめた。

「宗吉には遊び人や浪人の取り巻きがいるそうです。きっとその中に……」

勇次は読んだ。

「よし。じゃあ、先ずは宗吉に張り付いてみるか……」

和馬は、仏具屋『鳳来堂』を眺めた。

「承知しました……」

幸吉は頷いた。

和馬は、仏具屋『鳳来堂』と若旦那の宗吉を見張る幸吉と勇次を残し、南町奉行所に行く事にした。

南町奉行所に着いた和馬は、久蔵の用部屋を訪れた。

「おう。どうした……」

久蔵は、文机《ふづくえ》の書類から振り返った。

「昨夜、伊勢町の仏具屋の主が得体の知れぬ浪人に襲われて怪我をしましてね」

「命は助かったのか……」

「はい……」

「そいつは良かった……」

「ええ……」

「して、金が目当ての辻強盗の仕業か……」

久蔵は読んだ。

「いえ。金は奪われておらず、恨みだと……」

「恨み……」

久蔵は、厳しさを滲ませた。

「はい……」

「誰がそう云っているのだ」

久蔵は眉をひそめた。

「襲われた仏具屋の主、斬られた当人です」

和馬は苦笑した。

「ほう。斬られた当人が恨まれていると云ったのか……」

久蔵は、戸惑いを浮かべた。

「はい……」

和馬は、苦笑しながら頷いた。

「ほう。自分が恨まれているのを知っているとはな。和馬、詳しく話してみな……」

久蔵は、面白そうに眼を細めた。

「はい……」

和馬は、伊勢町の仏具屋『鳳来堂』の主正次郎が襲われた一件を詳しく話した。

「それで、若旦那の宗吉が叔父の正次郎を恨み、取り巻きの浪人に襲わせたか……」

久蔵は事の次第を知った。

「はい。ま、辻褄《つじつま》は合っていますので、柳橋が、若旦那の宗吉と取り巻きの者共を洗っています」

和馬は告げた。

「うむ。和馬、今の話、正次郎自身が話したのだな……」

久蔵は念を押した。

「はい。何か……」

和馬は、久蔵が念を押したのが気になった。

「うむ。襲われたのに怯えたり狼狽えたりもせず、随分、落ち着いていると思ってな」

「そいつは、一晩経ったからでしょう」

和馬は読んだ。

「そうか、一晩経っているか……」

「はい……」

「よし、ならば和馬、親類の者や浅草鳳来堂の者たちに訊き、正次郎の云っている事は正しいかどうか、裏を取るんだ」

久蔵は命じた。

「心得ました……」

「和馬、いずれにしろ正次郎、面白そうな奴だな」

久蔵は苦笑した。

「面白そうな奴……」

和馬は眉をひそめた。

「うむ。それから和馬、その伊勢町の仏具屋鳳来堂の番頭……」

久蔵は、話題を変えた。

「甚兵衛ですか……」

「うむ。その甚兵衛、昨日、南町奉行所に来ていたのだな」

「はい。そいつに気が付いたのは、御屋敷に帰ろうとした太市ですがね」

「そうか、太市か……」

久蔵は微笑んだ。


浅草の仏具屋『鳳来堂』は、主の病とは拘りなく繁盛していた。

幸吉は、斜向いの茶店の二階の小部屋を見張り場所に借りた。そして、清吉を呼び、勇次と共に仏具屋『鳳来堂』の若旦那宗吉を見張らせた。

勇次と清吉は、若旦那の動くのを待った。

伊勢町の仏具屋『鳳来堂』に、客は偶《たま》にしか訪れなかった。

偶に訪れる客も蠟燭《ろうそく》や線香を買う客であり、手代と小僧は手持ち無沙汰な刻を過ごしていた。

新八は、西堀留川に架かる雲母橋の袂から見張り続けていた。

「どうだ……」

幸吉がやって来た。

「今の処、変わった事はありません」

「そうか……」

幸吉は、仏具屋『鳳来堂』を眺めた。

「親分、襲った浪人、正次郎の旦那が生きていると知れば、又襲いますかね」

新八は眉をひそめた。

「恨んでいる限り、命を獲る迄、襲っても不思議はないだろうな」

幸吉は頷いた。

「やっぱり……」

新八は緊張した。

「うむ。新八、呉々《くれぐれ》も気を付けるんだぜ」

「はい……」

新八は、喉を鳴らして頷いた。

西堀留川に映える陽差しは、仄かに赤味を帯び始めた。

夕暮れ時が近付いた。

浅草広小路を行き交う人々は減り、仏具屋『鳳来堂』は店仕舞いの仕度を始めていた。

勇次と清吉は、茶店の二階の小部屋から見張り続けた。

清吉は、窓辺から勇次を呼んだ。

「勇次の兄貴……」

「どうした……」

勇次は、清吉のいる窓辺に寄った。

派手な半纏を着た遊び人が、仏具屋『鳳来堂』の店の前を彷徨《うろつ》いていた。

「あの派手な半纏の野郎、若旦那の取り巻きじゃありませんかね……」

清吉は眉をひそめた。

「ああ。きっとな……」

勇次は頷いた。

羽織を着た若い男が、仏具屋『鳳来堂』の路地から出て来た。

「兄貴……」

「ああ。若旦那の宗吉に違いねえ」

勇次は睨んだ。

羽織を着た若い男は、派手な半纏を着た遊び人と足早に吾妻橋に向かった。

「追うぜ……」

勇次と清吉は、茶店の二階から駆け降りた。


大川に架かっている吾妻橋には、仕事を終えた者たちが行き交っていた。

宗吉と遊び人は、吾妻橋を本所に向かっていた。

勇次と清吉は尾行た。

「本所の賭場にでも行く気かな……」

勇次は睨んだ。

「旦那が重い病だってのにですか……」

清吉は眉をひそめた。

「ああ。放蕩息子の馬鹿旦那だ。何をしでかすか分からないさ」

勇次は苦笑した。

宗吉と遊び人は、吾妻橋を渡って本所中之郷瓦町に進んだ。

勇次と清吉は尾行た。

宗吉と遊び人は、中之郷瓦町の奥にある古寺の裏手に廻った。

「兄貴……」

「ああ……」

勇次と清吉は追った。

宗吉と遊び人は、古寺の裏門にいた三下に声を掛け、裏庭にある家作《かさく》に入って行った。

勇次と清吉は、物陰から見届けた。

「兄貴、やっぱり賭場ですぜ」

清吉は見定めた。

「ああ、あの馬鹿……」

勇次は、宗吉の愚かさに怒りを覚えた。

尤《もっと》も愚かでなければ、仏具屋『鳳来堂』本家の次の主の座を失い掛け、叔父の正次郎を殺そうとなどしない筈だ。

勇次は、怒りを覚えた自分を嗤《わら》った。

「どうします」

「宗吉の取り巻き、他にもいるかもしれない。潜り込んでみるぜ」

勇次は、清吉を残して古寺の裏門に近付いた。そして、訪れた客を案内して裏門から離れた三下の隙を突き、裏庭に素早く忍び込んだ。


賭場は客の熱気に溢れていた。

勇次は、客を装って賭場にあがった。

盆茣蓙の周りでは、店の旦那や武家の隠居など様々な客が博奕に没頭していた。

勇次は、茶や酒の仕度されている次の間に入り、宗吉と遊び人を捜した。

宗吉と遊び人は、盆茣蓙を囲む客の端で駒札を張っていた。

馬鹿が……。

勇次は見守った。

胴元や博奕打ちたちは、宗吉が大店の若旦那だと知っており、上客として扱っていた。

宗吉は、遊び人を始めとした取り巻きたちと言葉を交わしながら、楽しげに博奕に興じていた。そうした取り巻きの中には、袴姿の若い浪人がいた。

浪人……。

宗吉に金で雇われ、伊勢町『鳳来堂』の正次郎を襲った者かもしれない。

勇次は、湯呑茶碗で酒を飲みながら若い浪人を見守った。

燭台の火は座敷を照らした。

久蔵は、太市を座敷に呼んで酒の相手をさせた。

「さあ、遠慮は要らねえ。手酌でやってくれ」

久蔵は、太市に酒を勧めた。

「畏れ入ります。戴きます」

久蔵と太市は、酒を飲み始めた。

「太市、昨日の朝、奉行所の前にいた初老のお店者が気になったそうだな」

久蔵は、酒を飲みながら尋ねた。

「はい……」

太市は、猪口《ちょこ》を手にして頷いた。

「何が気になったんだい」

「はい。何かを訴えに来て迷っているように見えましてね。それで、ちょいと気にしたら、慌てて立ち去ったので……」

「尚更気になったのか……」

「はい。そうしたら柳橋の親分と勇次の兄貴が来まして、勇次の兄貴が……」

「追ったか……」

久蔵は、手酌で酒を飲んだ。

「はい。旦那さま、あのお店者が何か……」

太市は、久蔵に怪訝な眼を向けた。

「うむ。太市の気になった初老のお店者はな、伊勢町の仏具屋鳳来堂の甚兵衛って番頭だったよ」

「仏具屋鳳来堂の番頭さん……」

「ああ……」

「あの番頭さん、何か事件に……」

太市は眉をひそめた。

「いや。番頭の甚兵衛ではなく、鳳来堂の旦那の正次郎が、昨夜、得体の知れぬ浪人に命を狙われた」

「旦那が命を……」

太市は眉をひそめた。

「ああ、大怪我はしたが、命は助かった」

「そうでしたか……」

「どうだ太市、お前が気になった番頭の甚兵衛の動きと、旦那の正次郎が命を狙われた事と拘りがあると思うか……」

久蔵は、太市を見詰めた。

「さあ……」

太市は首を捻った。

「遠慮は無用だ……」

久蔵は促した。

「はい。ひょっとしたら番頭の甚兵衛、旦那が命を狙われていると知っていたのかも……」

太市は、厳しい面持ちで読んだ。

「成る程、そう読むか……」

久蔵は微笑み、酒を飲んだ。

燭台の火は瞬いた。

三

古寺の賭場の賑わいは続いた。

宗吉は、派手な半纏の遊び人や若い浪人たち取り巻きと楽しげに博奕を打ち、次の間に引き上げた。

勇次は片隅に身を引き、宗吉と取り巻きたちを見守った。

宗吉と取り巻きたちは、次の間で茶や酒を飲み始めた。

宗吉は、博奕にかなり負けた。

取り巻きたちは、宗吉に金を出して貰って博奕を打ち、そこそこ勝っていた。

勇次は片隅で酒を飲み、宗吉と取り巻きたちの話を聞いた。そして、派手な半纏を着た遊び人が金八《きんぱち》、若い浪人が日下《くさか》精一郎《せいいちろう》だと知った。

古寺の賭場を出た宗吉は、遊び人の金八や浪人の日下精一郎たち取り巻きと、近くにある居酒屋に入った。

「あら、若旦那……」

居酒屋には酌婦がいるらしく、賑やかな嬌声があがった。

「馴染の店ですね」

清吉は睨んだ。

「ああ、派手な半纏を着た遊び人は金八、若い浪人は日下精一郎だ」

勇次は、清吉に教えた。

「日下精一郎ですか……」

清吉は、緊張を浮かべた。

「ああ。ひょっとしたら、日下の野郎が宗吉に金で雇われ、正次郎の命を狙ったのかもしれねえ……」

勇次は読んだ。

「ええ……」

清吉は、喉を鳴らして頷いた。

宗吉と金八たち取り巻きの馬鹿笑いが、居酒屋から賑やかに洩れて来た。

半刻が過ぎた。

居酒屋の腰高障子が開いた。

勇次と清吉は見詰めた。

浪人の日下精一郎が、居酒屋から出て来た。

日下精一郎は、店内の宗吉や金八たちに声を掛け、腰高障子を後ろ手に閉めた。

「ではな……」

日下精一郎が先に帰る……。

勇次と清吉は見守った。

宗吉や金八たちと酌婦の笑い声があがった。

日下精一郎は苦笑し、横川に向かった。

「どうします」

清吉は囁いた。

「日下精一郎を追う……」

勇次に迷いはなかった。

横川の流れは月影を揺らしていた。

横川に出た日下精一郎は、岸辺沿いの道を南の竪川《たてかわ》に向かった。

勇次と清吉は、暗がりを慎重に尾行た。

日下精一郎は、落ち着いた足取りで進んだ。

夜道に慣れた足取りだ……。

勇次は読んだ。

日下精一郎は、北割下水を過ぎた。

本所割下水は北と南の二ヶ所あり、一帯は旗本御家人の組屋敷街だ。

日下精一郎は、横川に架かっている法恩寺橋を渡った。

勇次と清吉は、暗がり伝いに急いだ。


法恩寺橋を渡った日下精一郎は、南本所出村町の裏通りに入った。

勇次と清吉は走った。

日下精一郎は、裏通りにある古い長屋の木戸の前に立ち止まった。そして、辺りを見廻し、夜空を見上げた。

無数の星が、溢れんばかりに煌めいていた。

日下精一郎は、古い長屋の木戸を潜った。

勇次と清吉は、木戸に急いだ。

長屋の家々は暗く寝静まり、日下精一郎の姿は既になかった。

「兄貴……」

清吉は焦った。

「ああ、どの家だ……」

勇次は、日下精一郎が入った家を探した。

長屋に連なる一軒の家に明かりが灯った。

「あの家だ……」

勇次は、明かりの灯された家に日下精一郎が入ったと見定めた。

「ええ……」

清吉は、明かりの灯された家を見詰めて頷いた。

「日下精一郎、あの家に住んでいるのか、それとも知り合いの家に来たのか……」

勇次は眉をひそめた。

家の明かりが消えた。

日下精一郎は出て来るのか……。

勇次と清吉は、腰高障子を見詰めた。だが、日下精一郎が出て来る事はなかった。

「よし。清吉、此処は俺が見張る。お前は此の事を親分に報せろ」

勇次は命じた。

「承知……」

清吉は頷き、勇次を残して柳橋の船宿『笹舟』に走った。

勇次は、暗く寝静まっている長屋の見張りについた。


「いたか、宗吉の取り巻きに浪人が……」

久蔵は、幸吉に聞き返した。

「はい。清吉の報せでは、日下精一郎と云って南本所出村町の長屋にいるそうです」

幸吉は告げた。

「日下精一郎か……」

「はい。勇次と清吉が長屋を見張り、雲海坊に急いで身許を洗うように命じました」

「そうか……」

久蔵は頷いた。

「それから秋山さま、仏具屋鳳来堂の親類ですが……」

和馬は膝を進めた。

「どうだった……」

「はい。仏具屋鳳来堂の親類は、大叔父や姉夫婦などがいるのですが、聞き込んだ限りでは正次郎の云う通り、宗左衛門旦那が亡くなった後の鳳来堂を誰に任せるか、いろいろ話し合っていました」

「して、話し合いの様子は……」

久蔵は尋ねた。

「はい。親類の者たちは、若旦那の宗吉の放蕩振りを怒り、口を揃えて鳳来堂を任せる訳にはいかないと云っていました」

「で、宗左衛門の弟で正次郎か……」

「はい。伊勢町の出店もそれなりに営んでいるし、良いのではないかと……」

「良いのではないか……」

久蔵は眉をひそめた。

「はい……」

和馬は頷いた。

「じゃあ、正次郎が正式な跡継ぎに決まっちゃあいないのか……」

久蔵は念を押した。

「はい。未だ確《しか》と決まっている訳ではないそうです」

「そうか……」

久蔵は、小さな笑みを浮かべた。

「それでも若旦那の宗吉は面白くないと、正次郎を恨み、殺そうと企みましたか……」

幸吉は読んだ。

「おそらくな……」

和馬は頷いた。

「ならば、親類の者たちは、此度の正次郎が命を狙われた一件、どう思っているのだ」

久蔵は訊いた。

「やはり、宗吉が正次郎を恨み、邪魔に思ってやったと思っていますよ」

和馬は、親類たちの様子を伝えた。

「そうか……」

「何れにしろ、此で宗吉が鳳来堂の後を継ぐ目はなくなりましたか……」

幸吉は眉をひそめた。

「何か気になるのか、柳橋の……」

「は、はい。宗吉ですが、如何に放蕩息子の馬鹿旦那でも、正次郎を殺し損ねた翌日、取り巻きと賭場や馴染の飲み屋に行くかと、思いましてね」

幸吉は首を捻った。

「ま、その辺が俺たちには度し難い馬鹿旦那の所以《ゆえん》なのかもしれないな」

和馬は苦笑した。

「よし。和馬、引き続き親類の者たちに当り、宗吉や正次郎の他に鳳来堂を受け継ぐ者がいないのか調べてみろ」

「心得ました」

「柳橋は、気になる宗吉と浪人の日下精一郎をな……」

久蔵は命じた。

「承知しました」

幸吉は頷いた。

「さあて、此奴はどんな結末になるか……」

久蔵は、面白そうに笑った。


西堀留川の澱《よど》みは虹色に輝いていた。

新八は、雲母橋の袂にある小さな煙草屋の店先から西堀留川越しに仏具屋『鳳来堂』を見張っていた。

伊勢町の仏具屋『鳳来堂』は、手代と小僧が暇潰しの掃除に余念がなかった。

新八は、煙草屋の老婆に金を握らせ、店先の縁台を見張り場所にしていた。

「やあ、新八……」

太市がやって来た。

「こりゃあ太市さん……」

新八は、腰掛けていた縁台から立ち上がって太市を迎えた。

「仏具屋の鳳来堂か……」

太市は、西堀留川の向こうに見える仏具屋『鳳来堂』を眺めた。

「ええ……」

「番頭の甚兵衛さん、どうしているかな」

太市は、仏具屋『鳳来堂』の薄暗い店内を窺った。

薄暗い店内の帳場には、誰もいなかった。

「番頭さんは、怪我をした正次郎旦那の世話をしているようでして、店の帳場には時々出て来るぐらいですよ」

「そうか……」

「太市さん、番頭さんが何か……」

新八は眉をひそめた。

「うん。番頭さん、南町奉行所に用があったらしいんだが、そいつが何かと思ってね」

「へえ、そうなんですか……」

新八は首を捻った。

「余り繁盛していないな……」

太市は、『鳳来堂』を眺めた。

「ええ。暇なもんですよ」

新八は苦笑した。

「よし。新八、見張りを手伝うぜ」

太市は告げた。

「えっ、そいつはありがたいんですが、良いんですかい……」

「ああ。うちの旦那さまの御指図だ。遠慮は要らないよ」

太市は笑った。

着流しの侍が、西堀留川に架かる道浄橋の方からやって来て、仏具屋『鳳来堂』の暖簾を潜った。

「太市さん……」

「うん……」

着流しの侍は、殺し損ねた正次郎に止めを刺しに来たのかもしれない。

太市と新八は、緊張した面持ちで着流しの侍を見守った。

着流しの侍は、迎えた手代と何事か言葉を交わした。

手代は頷き、店の奥から箱入りの線香を持って来た。

着流しの侍は、金を払って線香を受け取った。そして、仏具屋『鳳来堂』を出た。

「只の客ですかね」

新八は眉をひそめた。

「らしいけど。ま、名前と住まいを突き止めておくか……」

太市は、縁台から立ち上がった。

「じゃあ……」

「うん。線香を買いに来た只の客なら家も近い筈だ。ちょいと尾行てみるよ」

太市は、来た道を戻って行く着流しの侍の後を追った。

着流しの侍は、西堀留川に架かる道浄橋の袂を通って尚も進み、東堀留川に出た。

太市は尾行た。

着流しの侍は、東堀留川沿いの道を南に進んだ。そして、親父橋の袂、堀江町四丁目にある団子屋の横手にある狭い路地に入って行った。

太市は、充分に間を取って団子屋の横手の路地に入った。

横手の路地は団子屋の裏に続き、小さな家作があった。

着流しの侍の住まい……。

太市は見定めた。

線香の香りが漂っていた。

着流しの侍が買って来た線香に火を付けたのか……。

太市は、横手の狭い路地を出て団子屋に向かった。


団子屋では、老爺《ろうや》が店番をしていた。

「やあ……」

太市は訪れた。

「いらっしゃい……」

老爺は、皺だらけの顔に笑みを浮かべて太市を迎えた。

「焼と御手洗《みたらし》を二本ずつ貰おうか……」

「へい。毎度……」

老爺は、焼団子と御手洗団子を二本ずつ包み始めた。

「父っつぁん、裏の家作にいるお侍、神崎和馬さまじゃあないのかな」

「いいえ。あのお侍は、北島兵衛《きたじまひょうえ》って浪人さんですよ」

「えっ。神崎和馬さんじゃあないのか……」

太市は惚けた。

「ああ。北島兵衛さんだよ」

「そうか、違ったか、北島兵衛さんか……」

太市は、着流しの侍の名を突き止めた。

「ああ。半年前に御新造《ごしんぞ》さんを病で亡くしてね。気の毒に淋しい一人暮らしだよ」

老爺は、北島兵衛に同情した。

「へえ、そうなんだ……」

太市は、北島兵衛が線香を買った理由を知った。

只の客……。

太市は、堀江町四丁目に団子を買いに来ただけに終わったのを苦笑した。


本所横川には荷船が行き交っていた。

勇次と清吉は、南本所出村町の長屋を見張った。

雲海坊がやって来た。

「動かないようだな……」

雲海坊は、長屋を眺めた。

「ええ。何か分かりましたか……」

勇次は訊いた。

「ああ。日下精一郎、腕に覚えが余りないらしく口入屋《くちいれや》の仕事をしていて、仕事のない時は大店の旦那や若旦那の取り巻きをして小遣を稼いでいるそうだ」

雲海坊は苦笑した。

「へえ。腕に覚えがないんですかい……」

清吉は眉をひそめた。

「ああ。清吉、だからと云って下手な手出しはするんじゃあないぞ」

雲海坊は脅した。

「云われる迄もなく……」

清吉は首を竦めた。

「で、雲海坊さん、日下は此処で一人で暮らしていますが、家族はいないんですかね」

「ああ、日下精一郎は父親の代からの浪人でな。両親はとっくに死んで天涯孤独の身だそうだ」

雲海坊は、長屋の大家から日下精一郎の請人《うけにん》の寺の住職を辿った。そして、日下精一郎の身の上を訊き出していた。

「雲海坊さん、勇次の兄貴……」

清吉が、緊張した声で囁いた。

勇次と雲海坊は長屋を見た。

日下精一郎が、腰に刀を差しながら家から出て来た。

出掛ける……。

勇次、清吉、雲海坊は、日下精一郎を見守った。

日下精一郎は、長屋を出て法恩寺の門前を抜け、東の柳島町に向かった。

勇次、清吉、雲海坊は、日下精一郎を慎重に尾行た。

日下精一郎は、柳島町の通りを抜けて横十間堀に出た。

横十間堀には天神橋が架かっている。

「天神橋を渡ると亀戸《かめいど》ですぜ」

清吉は囁いた。

「ああ……」

勇次は頷き、天神橋を渡る日下精一郎を追った。

清吉と雲海坊は続いた。

天神橋を渡ると亀戸町であり、学問の神様として親しまれている亀戸天満宮がある。

日下精一郎は、亀戸天満宮の境内にある茶店の縁台に腰掛けた。

「わざわざ茶を飲みに来たんですかね……」

清吉は眉をひそめた。

「さあな……」

勇次は、日下を見守った。

「いらっしゃい……」

日下の許に茶店娘が注文を取りに来た。

「やあ。おみつちゃん、茶を貰おうか……」

日下は、おみつと呼んだ茶店娘に親しげに茶を頼んだ。

「はい……」

おみつは微笑み、茶店の奥に入って行った。

日下は、熱い眼差しで見送った。

「どうやら、惚れた女に逢いに来たようだな」

雲海坊は読んだ。

「雲海坊さんもそう思いますか……」

勇次は苦笑した。

「ああ……」

雲海坊は頷いた。

日下精一郎は、亀戸天満宮境内の茶店に奉公している茶店娘に惚れている。

勇次、清吉、雲海坊は見定めた。

亀戸天満宮は参拝客で賑わっていた。


夕暮れ時、柳橋の幸吉と太市は、南町奉行所にいる久蔵の許に集まった。

「そうか、伊勢町の鳳来堂に怪しげな者は現れないのだな……」

久蔵は眉をひそめた。

「はい……」

太市は頷いた。

「して柳橋の、宗吉の取り巻きの浪人にも今の処、怪しい気配はないか……」

「はい。勇次、雲海坊、清吉が引き続き見張っていますが……」

幸吉は告げた。

「煮詰まってきたかな……」

久蔵は苦笑した。

「秋山さま、こうなったら宗吉の取り巻きの遊び人の金八を締め上げますか……」

幸吉は、冷ややかに告げた。

「ああ、もうそれしかねえようだな……」

久蔵は笑った。

四

浅草の仏具屋『鳳来堂』は、既に大戸を降ろして店を閉めていた。

由松は、茶店の二階の小部屋から見張っていた。

「宗吉、今夜は未だ出掛けていないか……」

幸吉と和馬が入って来た。

「ええ。重い病の父親を残して遊び歩く馬鹿旦那。きっと此からですぜ……」

由松は、嘲りと侮りを滲ませた。

「で、取り巻きの遊び人の金八はどうした」

幸吉は尋ねた。

「未だです……」

由松は、首を横に振った。

「じゃあ、此から迎えに来るか……」

幸吉は読んだ。

「よし。ならば外で待つか……」

和馬は決めた。


派手な半纏を着た遊び人の金八は、暗い浅草広小路を軽い足取りでやって来た。

「和馬の旦那……」

「金八の野郎だな……」

和馬は、やって来る金八を見据えた。

金八は、仏具屋『鳳来堂』に近付いた。

幸吉は、やって来た金八の前に立ちはだかった。

「な、何だ。手前は……」

金八は驚き、怯《ひる》んだ。

「金八、ちょいと付き合って貰うぜ」

幸吉は、十手を見せた。

金八は、思わず後退《あとずさ》りした。

「神妙にするんだな……」

和馬が、金八の背後を塞いだ。

「えっ……」

金八は、町方同心と岡っ引に囲まれて凍てついた。


蠟燭の火は不安げに揺れた。

大番屋の詮議場は冷たく、血と汗の臭いに満ちていた。

幸吉は、金八を筵の上に引き据えた。

金八は、詮議場の冷たさと恐怖に震えた。

「金八……」

和馬は、座敷の框に腰掛けて金八を厳しく見据えた。

「へ、へい……」

金八は、怯えた眼で框に腰掛けた和馬を見上げた。

「鳳来堂の伊勢町の出店の主、宗吉の叔父の正次郎が襲われたのを知っているな」

「へい……」

「そいつは、宗吉が浪人を雇っての仕業か……」

和馬は、小細工なしで問い質した。

「し、知りません。あっしは何も知りません」

金八は、喉を引き攣らせた。

「惚けるんじゃあねえ……」

和馬は怒鳴った。

「本当に知りません」

金八は、悲鳴のように叫んだ。

「金八、身体に訊いても良いんだぜ」

和馬は、詮議場の隅に並んでいる刺股《さすまた》、袖搦《そでがらみ》、突棒《つくぼう》の三道具や十露盤《そろばん》や石抱きの石を示した。

「勘弁して下さい、旦那……」

金八は、恐怖に震えた。

「金八、お前も叩けば埃《ほこり》の出る身体だ。知っている事を正直に云わなければ、石抱きや海老責《えびぜめ》なんかで済まないのは、嫌って程に分かっているんだろう……」

和馬は、金八を冷たく見据えた。

「ほ、本当です、旦那。あっしは何も知らないんです」

金八は震え、半泣きで必死に訴えた。

「じゃあ金八、宗吉は父親の後を継いで鳳来堂の本家の旦那になれないかもしれないのを、何て云っているんだ」

「わ、若旦那は怒っていました。ですが、遊ぶ金さえ貰えれば、店なんかどうでも良いと直ぐに云い出しました……」

金八は、喉を引き攣らせて嗄れ声を振り絞った。

「遊ぶ金さえ貰えれば、店なんかどうでも良いか……」

和馬は眉をひそめた。

「和馬の旦那……」

「ああ、宗吉らしい台詞《せりふ》だな……」

和馬は、宗吉が云った台詞に信憑性を感じた。

「ええ……」

幸吉は、厳しい面持ちで頷いた。


伊勢町の仏具屋『鳳来堂』は、手代と小僧が大戸を開けて掃除をしていた。

新八と太市は、西堀留川を挟んだ対岸にある小さな煙草屋から見張った。

番頭の甚兵衛が店から出て来た。

「太市さん……」

「ああ。番頭の甚兵衛だ……」

新八と太市は、番頭の甚兵衛を見守った。

甚兵衛は、手代と小僧に何事かを告げ、西堀留川沿いの道を道浄橋の方に向かった。

「追ってみるか……」

太市は立ち上がった。

「じゃあ俺が……」

新八は、腰を浮かせた。

「いや。新八は正次郎旦那の息の根を止めに来る奴を警戒してくれ」

「は、はい……」

「じゃあ……」

太市は、甚兵衛を追った。

「気を付けて……」

新八は見送った。


堀江町一丁目の角を曲がり、東堀留川沿いの道を南に進んだ……。

太市は戸惑った。

甚兵衛の行く道筋は、浪人の北島兵衛が堀江町四丁目にある団子屋の家作に帰った道と同じだった。

まさか……。

太市は眉をひそめた。

甚兵衛は、団子屋の横手の狭い路地に入った。

やっぱり……。

甚兵衛は、団子屋の家作に住む浪人の北島兵衛の処に来たのだ。

浪人の北島兵衛は、『鳳来堂』に線香を買いに来た只の客ではなかったのだ。

北島兵衛が甚兵衛と拘りがあるなら、旦那の正次郎ともある筈だ。

だとしたら、北島兵衛の役回りは何なのだ。

太市は想いを巡らせた。

もし、用心棒なら正次郎の傍に詰めている筈だ。しかし、こうして離れた処で暮らしている。

北島兵衛は何なのだ……。

四半刻が過ぎた。

甚兵衛が、横手の狭い路地から出て来た。

太市は、身を潜めて甚兵衛を見守った。

甚兵衛は、来た道を戻って行った。

団子屋の横の狭い路地の先にある家作には、浪人の北島兵衛がいる。

太市は、厳しい面持ちで狭い路地を見据えた。

用部屋の庭先には木洩れ日が揺れた。

仏具屋『鳳来堂』の若旦那の宗吉は、遊ぶ金を欲しがるだけで店に執着心はない……。

和馬と幸吉は、遊び人の金八の言葉を信じた。

「成る程、そいつが宗吉の本音なら、妙に納得出来るな……」

久蔵は笑った。

「はい……」

和馬と幸吉は頷いた。

「して勇次、宗吉の取り巻きの浪人はどんな奴だ」

「はい。名は日下精一郎と云いまして、亀戸天満宮の茶店娘に惚れており、金で雇われて人を斬るような馬鹿とは思えません」

勇次は、日下精一郎をそう見ていた。

「って事は、正次郎を襲ったのは、宗吉じゃあないって事だな」

久蔵は、和馬と幸吉や勇次の報告を受けて見定めた。

「おそらく……」

和馬は頷いた。

「秋山さま、こうなると正次郎を恨んでいるのは、宗吉の他にもいるんですかね……」

幸吉は困惑を浮かべた。

「そうかもしれぬが。正次郎、何か隠しているのかもな……」

久蔵は、厳しさを滲ませた。

「旦那さま……」

太市が、用部屋の庭先にやって来た。

「おお。どうした太市……」

「はい。伊勢町鳳来堂の旦那の正次郎と拘りのある浪人が浮かびました」

太市は告げた。

「襲われた正次郎と拘りのある浪人だと……」

久蔵は眉をひそめた。

「はい。北島兵衛って浪人です……」

「太市、俺たちが伊勢町の鳳来堂に行った時は、北島兵衛なんて浪人はいなかったぞ」

和馬は眉をひそめた。

「はい。北島兵衛、堀江町四丁目の団子屋の家作に一人で暮らしています」

「で、正次郎と拘りがあるのか……」

「はい。手代にそれとなく訊いた処によれば、北島兵衛は時々、出掛ける正次郎のお供に雇われたりしていたそうです」

太市は告げた。

「ならば、襲われて命を取り留めた正次郎は、襲った奴が止めを刺しに来るのを警戒し、北島兵衛を用心棒に呼ぶと思うが、呼ばなかった訳だな」

久蔵は眉をひそめた。

「そうなりますね……」

和馬は頷いた。

「そいつは何故だ……」

久蔵は想いを巡らせた。

庭先の木洩れ日は煌めき、用部屋に微風が吹き抜けた。

「そうか……」

久蔵は、不意に笑った。

「秋山さま……」

和馬、幸吉、勇次、太市は戸惑った。

「みんな、ひょっとしたら此奴は猿芝居かもしれねえぜ」

久蔵は、さも面白そうに笑い続けた。


東堀留川は日本橋川に流れ込んでいる。

久蔵は、太市に誘われて照降町《てりふりちょう》の通りを抜け、堀江町四丁目の団子屋に来た。

「此処です……」

太市は、団子屋の横手の狭い路地を示した。

「北島兵衛、此の路地の奥にある団子屋の家作にいるのだな」

「はい……」

「よし……」

久蔵は、狭い路地に進んだ。

太市は続いた。

団子屋の庭の小さな家作は、雨戸を閉めていた。

「留守なんですかね」

太市は眉をひそめた。

「さあて、どうかな……」

久蔵は、小さな家作を見詰めた。

戸口の腰高障子が開いた。

久蔵と太市は、物陰に素早く隠れた。

旅姿の北島兵衛が小さな家作から出て来た。

旅姿……。

久蔵は、微かな戸惑いを覚えた。

「何者……」

北島兵衛は、久蔵たちの気配を察知して身構えた。

久蔵と太市は、物陰から出た。

「やあ。おぬしが北島兵衛さんか……」

久蔵は笑い掛けた。

「おぬしは……」

北島兵衛は、久蔵を厳しく見据えた。

「私か、私は南町奉行所吟味方与力秋山久蔵……」

久蔵は、静かに名乗った。

「秋山久蔵どの……」

北島兵衛は、微かに怯んだ。

それは、南町奉行所与力の秋山久蔵の評判を知っている証だ。

「ああ。北島さん、旅に出るのか……」

「ええ。半年前に病で死んだ妻の遺髪や遺品を、故郷の駿河《するが》の寺に納めてやろうと思いましてね」

「ほう、病で亡くなったお内儀の遺髪や遺品をな……」

「左様。漸く路銀や寺に納める永代供養料が出来ましたので……」

北島兵衛は告げた。

「漸く出来た路銀や永代供養料、伊勢町の仏具屋鳳来堂の正次郎を斬ってやった手間賃かい……」

久蔵は冷たく笑った。

刹那、北島兵衛は久蔵に抜き打ちの一刀を放った。

久蔵の刀が閃いた。

二つの閃光が鋭く瞬いた。

太市は眼を瞠《みは》った。

静寂が漂った。

久蔵と北島兵衛は交錯し、残心の構えを取っていた。

久蔵の着物の胸元が斬られた。

北島兵衛の利き腕から血が滴り、刀が音を立てて落ちた。

久蔵は、残心の構えを解いた。

「北島兵衛、正次郎に死なぬ程度に斬ってくれと金で頼まれたな」

久蔵は、北島兵衛を見据えた。

「い、如何にも……」

北島兵衛は、観念したように項垂れた。

「やはりな……」

久蔵は苦笑した。

「秋山どの……」

「北島兵衛、お内儀の遺髪や遺品を故郷駿河の寺に納めに行くのは、ちょいと遅くなりそうだな」

久蔵は告げた。

伊勢町の仏具屋『鳳来堂』は、時々訪れる客を相手に商売をしていた。

和馬と幸吉は、勇次、新八、清吉に仏具屋『鳳来堂』の裏手を固めさせていた。

「和馬の旦那……」

幸吉は、久蔵が西堀留川沿いの道を来るのに気が付いた。

久蔵は、和馬と幸吉のいる雲母橋の袂にやって来た。

「変わりはないか……」

久蔵は、仏具屋『鳳来堂』を一瞥した。

「はい。正次郎、家の中では動いているそうですが、外には出ていません。して、北島兵衛と申す浪人は……」

和馬は眉をひそめた。

「ああ、何もかも吐いたよ」

「じゃあ……」

「ああ。睨み通り、猿芝居だったぜ」

久蔵は苦笑した。

和馬と幸吉は、久蔵を誘って正次郎の寝間に進み、襖を開けた。

寝間にいた正次郎と番頭の甚兵衛は驚いた。

和馬と幸吉は、寝間に踏み込んだ。

勇次、新八、清吉が庭先に現れた。

「だ、旦那さま……」

番頭の甚兵衛は、激しく狼狽えた。

「こ、これはお役人さま、親分、何でございますか……」

正次郎は驚き、蒲団の上に半身を起こした。

「お前が鳳来堂正次郎か……」

久蔵は、嘲笑《ちょうしょう》を浮かべて正次郎を見詰めた。

「は、はい……」

正次郎は、戸惑いを浮かべて頷いた。

「正次郎、南町奉行所の秋山久蔵さまだ」

幸吉は告げた。

「あ、秋山さま……」

正次郎は、怯えを滲ませた。

「ああ。鳳来堂正次郎、若旦那の宗吉に恨まれて襲われ、斬られたと騒ぎ立て、宗吉をお縄にさせて親類の同情を買い、本家の浅草鳳来堂の主に納まる企み、此迄だぜ」

久蔵は告げた。

「えっ……」

正次郎は愕然とした。

「正次郎、知り合いの浪人北島兵衛を金で雇い、我が身を斬らせた命懸けの大芝居……」

正次郎は、企みが露見したのに気付き、血相を変えた。

「と云いたいが、とんだ猿芝居に終わったな」

久蔵は、蔑むように笑った。

「そ、そんな……」

「正次郎、惚けても遅い。北島兵衛は既にお縄にしたぜ」

久蔵は云い放った。

正次郎は、激しく震え出した。

「勇次、公儀を誑《たぶら》かした罪で鳳来堂正次郎をお縄にしな」

和馬は、勇次に命じた。

「承知しました」

庭先にいた勇次、新八、清吉が寝間にあがり、正次郎に素早く縄を打った。

正次郎は抗う事もなく縄を受け、和馬と勇次たちに引き立てられた。

「旦那さま……」

番頭の甚兵衛は、声を震わせて正次郎を追い掛けようとした。

「甚兵衛……」

久蔵は呼び止めた。

「は、はい……」

「お前が南町奉行所に来た時、正次郎の企みを俺たちに報せれば、こうはならずに済んだかもしれねえな」

久蔵は、甚兵衛が南町奉行所に来て慌てて立ち去った事を告げた。

「秋山さま……」

「だが、主の正次郎に忠義立てをして、そいつを既《すんで》の所で飲み込んだ。そうだな……」

久蔵は、甚兵衛の胸の内を読んだ。

甚兵衛は、その場に座り込んで嗚咽を洩らした。

「さあ、番頭さんにも来て貰うよ」

幸吉は、番頭の甚兵衛を穏やかに促した。

「はい……」

番頭の甚兵衛は、幸吉に引き立てられて行った。

久蔵は、哀れむように見送った。

仏具屋『鳳来堂』正次郎襲撃の一件は、下手な猿芝居で終わった。


久蔵は、正次郎に公儀を誑かし、若旦那の宗吉を陥れて本家を乗っ取ろうとした罪で遠島の仕置を下した。そして、番頭の甚兵衛を放免した。

伊勢町の仏具屋『鳳来堂』は闕所《けっしょ》となり、浅草の本店は病の宗左衛門に代わって若旦那の宗吉が百日の手鎖、謹慎となった。

親類の者たちは、百日の手鎖、謹慎で宗吉の放蕩が終わり、更生するのを願った。

しかし、願いが叶うかどうかは、誰にも分からない……。

久蔵は、浪人の北島兵衛を江戸十里四方払いの刑に処した。

北島兵衛は、久蔵に深々と頭を下げて駿河に旅立った。
懐に亡き妻の遺髪と遺品を抱えて……。
猿芝居の幕は静かに下りた。

第四話

閉じ籠り

一

浜町堀には船の櫓《ろ》の軋みが響き、堀端には多くの人が行き交っていた。

南町奉行所定町廻り同心の神崎和馬は、岡っ引の柳橋の幸吉と手先の新八を従えて見廻りの途中、橘町《たちばなちょう》の自身番に立ち寄った。

橘町の自身番は、浜町堀に架かっている汐見橋《しおみばし》の東詰にあった。

自身番は、腰高障子の前に三尺の玉砂利が敷かれ、框をあがって三畳の畳の間と三畳の板の間が続いていた。そして、二人の家主と二人の店番、一人の番人の五人番だが、余りにも狭いので略して三人番と云うのもあった。

橘町一丁目の自身番は、その日は三人番だった。

「これは神崎さま、柳橋の親分……」

自身番に詰めていた家主と店番は、和馬と幸吉や新八を迎えた。

「どうだ、変わった事はないか……」

和馬は、自身番の三畳の畳敷きの間にあがり、幸吉と新八は框に腰掛けた。

「はい。お陰さまで……」

「そいつは何よりだ」

「どうぞ……」

番人の平六《へいろく》が茶を淹れ、和馬、幸吉、新八に差し出した。

「おう。忝《かたじけな》い、戴くよ……」

和馬は茶を飲んだ。

不意に女の甲高い悲鳴があがった。

幸吉と新八、そして和馬は自身番を飛び出した。

厚化粧の年増が悲鳴をあげ、浜町堀を挟んだ向い側の家の路地から転がり出て来た。

和馬、幸吉、新八は、浜町堀に架かっている汐見橋に走り、這い蹲《つくば》っている年増の許に急いだ。

「どうした……」

和馬は、年増に尋ねた。

「人、人、人殺し……」

年増は、自分が出て来た家を指差して声を震わせた。

「何だと、柳橋の、新八……」

和馬は家に走り、格子戸を開けた。

若い医生が白衣を血に染め、待合室で蹲いていた。

「来るな。来ると、玄庵《げんあん》も斬り棄てるぞ」

若い侍が、中年の町医者に刀を突き付けて診察室から現れた。

「手前……」

和馬は、十手を構えた。

「来るな。玄庵も斬るぞ。来るな……」

若い侍は、中年の町医者を引き摺って診察室に戻った。

「新八……」

幸吉は新八を促し、苦しげに蹲いている若い医生を外に運び出した。

「おのれ……」

和馬は、幸吉たちに続いた。

家の前には橘町の自身番の家主、店番、番人、厚化粧の年増、野次馬たちが集まっていた。

「退け、退いてくれ……」

幸吉と新八は、血塗れの若い医生を橘町の自身番に運んだ。

和馬は、出て来た家を睨み付けた。

家の戸口には、『立石施療院《たていしせりょういん》』の看板が掛かっていた。

「神崎さま……」

家主は、恐怖に顔を強張らせながら和馬の許に来た。

「ああ。若い侍が玄庵って者に刀を突き付けて閉じ籠りやがった」

和馬は、腹立たしげに吐き棄てた。

「閉じ籠り……」

「ああ。玄庵ってのは医者か……」

「はい。此処は立石玄庵って町医者の家でして、逃げ出して来た年増は妾《めかけ》のおこん、斬られたのは松本《まつもと》って医生です」

家主は伝えた。

「そうか。よし、南町に報せてくれ」

「承知しました。平六……」

家主は、番人の平六を南町奉行所に走らせた。

幸吉と新八が、斬られた医生の松本を自身番に置いて戻って来た。

「和馬の旦那……」

「新八、裏を固めてくれ」

「承知……」

新八は、立石施療院の裏手に走った。

「神崎さま……」

立石施療院のある元浜町の自身番の者たちが、血相を変えて駆け付けて来た。

「おお、若い侍が玄庵の家に閉じ籠りだ。野次馬を退けて通りを固めろ」

和馬は命じた。

元浜町の自身番の者たちは、野次馬を退け始めた。

和馬は、橘町の自身番の家主と一緒にいる年増妾のおこんに近寄った。

幸吉は続いた。

「おこん、閉じ籠った若い侍は、何処の誰だ」

和馬は、おこんに尋ねた。

「知りません。私は知りませんよ」

おこんは、喉を引き攣らせた。

「知らないだと……」

「ええ。知らないお侍です。いきなり入って来て、玄庵先生に鳥兜《とりかぶと》か石見《いわみ》銀山《ぎんざん》を十両で売ってくれと……」

「鳥兜か石見銀山……」

和馬は眉をひそめた。

「はい。それで玄庵先生が毒などないと断ったら、五軒目でもう刻がない、隠さずに売ってくれと。それで、松本が追い出そうとしたら……」

おこんは、嗄れ声を震わせた。

「斬ったのか……」

和馬は読んだ。

「はい……」

おこんは、その時を思い出したのか厚化粧の顔を歪め、激しく震えた。

「それで、お前は裏から逃げ出したのか……」

「は、はい……」

おこんは頷いた。

「で、家には玄庵と若い侍の他に誰かいるのか……」

「いえ。誰もいません」

おこんは、震える声で告げた。

「よし。元浜町の自身番に行っていろ」

和馬は、元浜町の自身番の店番を呼び、おこんを預けた。

「聞いての通りだ。柳橋の……」

和馬は、幸吉の意見を求めた。

「若い侍が鳥兜か石見銀山を欲しがっているのが気になりますね」

幸吉は眉をひそめた。

「うむ……」

「ですが、先ずは立石玄庵先生の無事な救出ですか……」

「ま、そんな処だな」

和馬は、立石施療院を厳しい面持ちで見据えた。

「秋山さま……」

臨時廻り同心の真山源吾は、久蔵の用部屋にやって来た。

「おう。源吾か、どうした……」

久蔵は、書類を書いていた筆を置いた。

「はい。今、浜町堀は元浜町で閉じ籠りが起きたそうです」

源吾は告げた。

「閉じ籠りだと……」

久蔵は眉をひそめた。

「はい……」

「一人か……」

久蔵は問い質した。

「はい。今の処は、若い侍一人、立石玄庵と云う町医者を人質にしているそうです。それで、偶々《たまたま》橘町の自身番に立ち寄っていた神崎さんが扱っています」

「和馬か……」

「はい……」

「和馬なら心配はいるまいが、俺たちも行ってみるか……」

「はい。お供します」

源吾は、嬉しげに頷いた。

久蔵は苦笑し、源吾を従えて浜町堀に急いだ。


元浜町の立石施療院の閉じ籠りは、膠着《こうちやく》状態に陥っていた。

和馬は、立石施療院の戸口に身を潜めて中の様子を窺っていた。

幸吉は、呼び寄せた由松を新八の見張る裏口に廻し、勇次と清吉に何事かを調べるように命じた。

勇次と清吉は頷き、走り去った。

手配りを終えた幸吉は、和馬の許に駆け寄った。

「どうです」

「時々、若い侍が怒鳴っている」

和馬は、微かな苛立ちを滲ませた。

「そうですか。今、近所の者たちにざっと聞き込んだのですが、立石玄庵、評判、余り良くありませんね」

「やっぱりな……」

「御存知でしたか……」

「いや。あんな厚化粧の年増の妾がいるんだ。評判も良くないだろうさ」

和馬は苦笑した。

「おい。誰かいるか……」

立石施療院から若い侍が声を掛けて来た。

「何だ。出て来る気になったか、それとも玄庵先生を解き放つか……」

和馬は応じた。

「違う……」

「違うだと……」

和馬は眉をひそめた。

「私は立石玄庵だ。おこんを、おこんを呼んで下され……」

玄庵の苦しげな嗄れ声がした。

「大丈夫か、玄庵先生……」

和馬は、格子戸の隙間から中を窺った。

診察室の入口に、立石玄庵の殴られた痕《あと》のある顔が僅かに見えた。

「ああ、大丈夫だ。おこんを、おこんを……」

玄庵は、殴られた痕のある顔を歪め、必死に頼んだ。

「分かった。ちょいと待て……」

和馬は、幸吉に目配せした。

幸吉は頷き、元浜町の自身番に急いだ。

元浜町の自身番には、厚化粧のおこんがしどけない姿で居眠りをしていた。

幸吉は苦笑し、おこんを起こそうとした。

久蔵が、真山源吾を従えて来た。

「おう、柳橋の……」

「これは秋山さま……」

幸吉は迎えた。

「御苦労だな。此の女は……」

久蔵は、居眠りをしているおこんに眉をひそめた。

「はい。人質の町医者立石玄庵先生の妾のおこんです」

幸吉は囁いた。

「成る程……」

久蔵は、妾のおこんを見て町医者立石玄庵の人となりを読み、苦笑した。

「和馬の旦那……」

幸吉は、和馬の許におこんを伴った。

おこんは、迷惑そうに顔を顰《しか》めていた。

「玄庵、おこんが来たぞ……」

和馬は、家の中に告げた。

「お、おこん……」

玄庵が若い侍に押さえられ、診察室から出て来た。

「だ、旦那……」

おこんは眉をひそめた。

「お、おこん、道春《どうしゅん》先生の処に行って鳥兜か石見銀山を買って来てくれ」

「道春先生の処……」

「ああ、そうだ……」

玄庵は頷いた。

「金だ……」

若い侍は、財布を戸口の三和土《たたき》に放り投げた。

財布の中の小判が音を立てた。

和馬は、手を伸ばして三和土から財布を拾い上げた。

「早く買って来てくれ」

玄庵は、必死な面持ちで叫んだ。

「云う事を聞かないと、玄庵を斬り棄てる」

若い侍は叫び、玄庵の首に刀を当てた。

玄庵は悲鳴をあげた。

「和馬の旦那……」

幸吉は、頷いて見せた。

「ああ。行け」

和馬は、おこんに財布を渡して促した。

おこんは、財布を握り締めて足早にその場を離れた。

若い侍は見定め、玄庵を引き摺って診察室に入って行った。

和馬と幸吉は見送った。

おこんは、元浜町から足早に大丸新道に向かった。

「よし。源吾、追え……」

久蔵は、源吾に命じた。

「心得ました」

源吾は、張り切って黒紋付羽織を脱いだ。

「由松、一緒に頼む」

久蔵は、立石施療院の裏手から呼び寄せた由松に笑い掛けた。

「承知しました」

由松は、源吾と一緒におこんを追った。

久蔵は、厳しい面持ちで見送った。

「秋山さま……」

和馬は、戸口の見張りを幸吉に任せてやって来た。

「おう、御苦労。おこんは源吾に追わせた」

「源吾に。大丈夫ですかね……」

和馬は、懸念を抱いた。

「ま、由松が一緒だ。下手は踏むまい」

久蔵は苦笑した。

「ああ、由松が一緒ですか……」

和馬は、安堵を過ぎらせた。

「して、玄庵と若い侍はどうしている」

「若い侍、何かに追い詰められているようでしてね。かなり焦っていますよ」

「何かに追い詰められているようか……」

久蔵は眉をひそめた。

「はい。それにしても、鳥兜か石見銀山、どうするつもりなのか……」

和馬は眉をひそめた。

「うむ。気になるのは其処《そこ》だ」

「せめて、若い侍の身許が分かれば、良いんですがね」

和馬は、悔しさを露わにした。

「うむ……」

久蔵は頷いた。

下っ引の勇次は、立石施療院の戸口の傍にいる幸吉に駆け寄った。

「親分……」

「分かったか……」

幸吉は迎えた。

「はい。若い侍、高砂町の薬種問屋に現れていました」

勇次は告げた。

「やっぱりな。で……」

幸吉は促した。

「はい。薬種問屋に現れ、鳥兜か石見銀山を売ってくれと。で、番頭が名前と身許を尋ねたそうです。そうしたら、さる大身旗本家家中の相良与一郎《さがらよいちろう》だと名乗ったそうです」

「さる大身旗本家家中の相良与一郎か……」

幸吉は眉をひそめた。

「はい。本当の名前かどうかは分かりませんがね」

「うん……」

「ま、それで薬種問屋の番頭は、それでは売れないと断ったそうです」

「断ったか……」

「ええ。きっと薬種屋は何軒も断られ、それで町医者の施療院に来たのかもしれません」

勇次は読んだ。

「うむ。よし、此の事を秋山さまと和馬の旦那にお報せするんだ」

幸吉は命じた。

「はい。じゃあ……」

勇次は頷き、久蔵と和馬の許に走った。

閉じ籠りの若い侍は、大身旗本家家中の相良与一郎……。

久蔵と和馬は、勇次の報せを受けて若い侍の名を知った。

「ですが、本当の名前かどうかは……」

勇次は首を捻った。

「いや。偽名を使うなら、大身旗本家も適当な名を云う筈だ。だが、大身旗本の名は伏せ、己の名は云った」

「じゃあ……」

「ああ、そして閉じ籠りをしてでも、鳥兜か石見銀山を手に入れようとしている。そいつが主の言い付けならば、相良与一郎、かなりの忠義者で律儀な人柄だとみえる」

久蔵は苦笑した。

「ええ。では、鳥兜か石見銀山を必要としているのは、主の大身旗本……」

和馬は眉をひそめた。

「おそらくな。面白くなって来たぜ……」

久蔵は、不敵な笑みを浮かべた。

二

風が吹き抜け、外濠には小波《さざなみ》が走った。

おこんは、大丸新道から大伝馬町《おおでんまちよう》、本町を通って外濠に出た。

源吾と由松は追った。

外濠に出たおこんは、神田堀に架かっている竜閑橋《りゆうかんばし》を渡って鎌倉河岸に出た。

「何処迄行くんだ……」

源吾は、苛立ちを浮かべた。

由松は苦笑した。

おこんは、鎌倉河岸を進んで三河町に入った。そして、裏通りにある板塀の廻された家の木戸門を潜った。

源吾と由松は見届けた。

木戸門には、『本道医　宗方《むなかた》道春』と書かれた看板が掛かっていた。

「本道医、宗方道春か……」

源吾は眉をひそめた。

「立石玄庵先生、自分の処にない鳥兜か石見銀山が此処にあるとみて、妾のおこんを買いに寄越したんでしょう」

由松は、道春の家を見据えた。

「うん。で、どうする……」

源吾は、由松に並んで道春の家を見詰めた。

「おこんが出て来たらあっしが追います。源吾の旦那は、道春先生におこんが何しに来たか確かめ、あっしたちの後を追って来て下さい」

「後を追うと云っても……」

源吾は戸惑った。

「町々の自身番の方か木戸番、それに露天商に柳橋の身内のしゃぼん玉売りの由松を見なかったか訊いて下さい」

由松たち柳橋の身内の者は、尾行の途中に仲間と繋ぎを取る必要がある時は、自身番の者や木戸番、そして露天商を使っていた。それは、先代親分の弥平次の時からの事だ。

「そうか、分かった……」

源吾は、柳橋の親分幸吉と身内の者たちの抜かりのなさに感心した。

町医者宗方道春の家の木戸門が開いた。

源吾と由松は、物陰に身をひそめた。

おこんが木戸門から現れ、緊張した面持ちで胸元を押さえた。

鳥兜か石見銀山を買い、胸元に仕舞っている……。

由松は睨んだ。

おこんは、宗方道春の家から足早に立ち去った。

「源吾の旦那、手筈通りに……」

「心得た」

「じゃあ……」

由松は、源吾を残しておこんを追った。

源吾は見送り、町医者宗方道春の家の木戸門を潜った。


「さあて、何処が悪いのかな……」

宗方道春は、源吾に振り向いた。

「立石玄庵の妾のおこんに鳥兜か石見銀山を売ったのか……」

源吾は、道春を見据えた。

「な、何だ、お前さんは……」

道春は、着流し姿の源吾に眉をひそめた。

「俺は南町奉行所の者だ」

源吾は、懐の十手を見せた。

「えっ……」

道春は驚いた。

「おこんに鳥兜を売ったのか……」

源吾は、厳しく問い質した。

「そ、それは……」

道春は躊躇った。

「云え、道春」

源吾は、道春の膝に十手の先を突き立てた。

道春は悲鳴をあげた。

「云わないか……」

源吾は、突き立てた十手を押込んだ。

「と、鳥兜を……」

道春は、激痛に顔を歪めた。

「鳥兜を売ったんだな」

「は、はい。おこんが、売ってくれなければ玄庵が殺されると云うもので……」

おこんは、道春から鳥兜を買った。

源吾は見定めた。

「で、おこんは買った鳥兜を持って浜町堀に帰ったか……」

源吾は読んだ。

「さあ。財布に入っていた書付けを読み、面倒だと舌打ちをしていたから、浜町堀に真っ直ぐ帰ったかどうか……」

道春は首を捻った。

「書付けだと……」

源吾は眉をひそめた。

「はい。小判と一緒に財布に入っていて……」

若い侍は、おこんに渡した財布に鳥兜を買った後にすべき事を指示した書付けを入れたのだ。

源吾は気が付いた。

おこんは何処に行ったのだ……。

源吾は手筈通り、おこんを追っている由松の足取りを捜す事にした。

神田八ッ小路には、多くの人が行き交っていた。

おこんは、八ッ小路を抜けて神田川に架かっている昌平橋に向かった。

由松は追った。

おこんは、昌平橋を渡った。

由松は、昌平橋の南詰に店を出している露天商仲間の七味唐辛子売りに声を掛け、おこんを追って昌平橋を渡った。

七味唐辛子売りは、由松が昌平橋を渡って神田明神前の湯島の通りに行くのを見送った。

おこんは、湯島の通りから本郷の通りに進んだ。

由松は追った。

おこんは、宗方道春から買った鳥兜か石見銀山を若い侍ではなく、別な者の処に運ぼうとしている。

由松は読んだ。

何処に持って行くつもりなのだ……。

由松は、自身番の者や木戸番、露天商に顔を見せ、声を掛けながらおこんを尾行た。

おこんは、本郷の通りを六丁目に進み、菊坂台町に曲がった。

「やあ、父っつぁん、達者そうだね」

由松は、菊坂台町の木戸番の老爺に声を掛けた。

「おう。由松、お前もな……」

木戸番の老爺は、由松を見送った。

由松は、おこんを追った。


小石川の旗本屋敷街は静けさに満ちていた。

おこんは、辻番に何事かを訊いて一軒の旗本屋敷に行った。そして、閉じられている表門の前に佇み、旗本屋敷を見上げた。

何様の屋敷だ……。

由松は、物陰から窺った。

おこんは、表門脇の潜り戸を叩いた。

潜り戸の覗き窓が開き、中間が顔を見せた。

「何だ……」

「は、はい。付かぬ事を伺いますが、こちらは土屋《つちや》さまの御屋敷でございますか……」

おこんは、恐る恐る尋ねた。

「そうだが、何か用か……」

中間は、居丈高《いたけだか》におこんを見詰めた。

「は、はい。御用人さまはお出でにございましょうか……」

おこんは尋ねた。

「御用人さまだと……」

中間は眉をひそめた。

「はい……」

「お前は……」

「私は相良さまの使いの者にございます」

おこんは、書付けに書いてあった相良与一郎の名を告げた。

「相良さまの使い。ちょっと待て……」

中間は、おこんを門前に待たせて覗き窓を閉めた。

「なんだい、なんだい。さっさとしておくれよ……」

おこんは眉をひそめた。

どうした……。

由松は見守った。

僅かな刻が過ぎた。

おこんは、苛立ちを見せ始めた。

不意に潜り戸が開いた。

おこんは戸惑った。

中間と家来が潜り戸から出て来て、おこんを屋敷の中に素早く連れ込んだ。

由松は驚いた。

潜り戸が閉められた。

おこんが連れ込まれた……。

由松は眉をひそめ、おこんが連れ込まれた旗本屋敷を眺めた。

酒屋の手代と小僧が、酒樽を届けた帰りなのか空の大八車を引いて来た。

由松は駆け寄った。

「ちょいと訊きたい事があるんだが……」

「は、はい……」

手代は、由松に怪訝な眼を向けた。

「此方は何方さまの御屋敷ですかね」

由松は、おこんの連れ込まれた旗本屋敷を示した。

「ああ。此方は土屋織部正《おりべのしょう》さまの御屋敷にございますが……」

「土屋織部正さま……」

由松は、土屋織部正の屋敷を眺めた。

「はい……」

「そうですかい。造作を掛けましたね」

由松は、頭を下げて礼を述べた。

「いいえ……」

酒屋の手代と小僧は、空の大八車を引いて立ち去った。

「由松……」

源吾が駆け寄って来た。

「やあ、源吾の旦那……」

由松は、源吾を迎えた。

「七味唐辛子売りや木戸番の父っつぁんに訊いてどうにか辿り着いたよ」

源吾は、額に滲んだ汗を拭った。

「御苦労でしたね」

由松は笑った。

「それで、おこんは……」

「此の屋敷に……」

由松は、土屋屋敷を示した。

「誰の屋敷だ」

「土屋織部正さまの御屋敷だそうです」

「土屋織部正……」

源吾は、土屋屋敷を眺めた。

「御存知ですか……」

「いや、知らぬ」

「そうですか。それにしてもおこん、どうして此処に来たのか……」

由松は眉をひそめた。

「宗方道春の話じゃあ、おこんは鳥兜を買い、財布に入っていた書付けを読んでいたそうだ」

源吾は告げた。

「書付け……」

「うん……」

「じゃあ、閉じ籠った若い侍の指図ですか……」

由松は読んだ。

「きっとな……」

源吾は頷いた。

「で、どうします」

「秋山さまに御報せしなければ……」

「分かりました。此処はあっしが見張ります。源吾の旦那は浜町堀に行って下さい」

「そうか。じゃあ、浜町堀に一っ走りするか。此処を頼んだぞ」

「お任せを……」

源吾は、由松を残して猛然と走り出した。

由松は見送り、厳しい面持ちで土屋屋敷を見詰めた。


おこんは、表門脇の門番小屋に通され、家来や中間の見張りを受けていた。

刻が過ぎた。

おこんは、不安と苛立ちを覚えた。

中年の武士がやって来た。

「島村《しまむら》さま……」

家来と中間は、緊張した面持ちで迎えた。

「うむ。その方が相良の使いか……」

島村と呼ばれた中年の武士は、おこんを見据えた。

「は、はい。日本橋は元浜町の町医者立石玄庵の処のおこんと申します」

「うむ。儂《わし》が用人の島村九郎兵衛《くろべえ》だ。して……」

中年の武士は、用人島村九郎兵衛と名乗り、おこんを促した。

「はい。此をお届けに参りました」

おこんは、懐から小さな油紙の包みを取り出し、島村に差し出した。

「此は……」

「鳥兜にございます」

「そうか……」

島村は、小さな油紙の包みを手にした。

「では、私は此で……」

おこんは帰ろうとした。

「待て、おこん。相良与一郎は如何致した」

「相良さまなら、元浜町の町医者立石玄庵の家に押込んで人を斬り、玄庵先生を人質にして閉じ籠っております」

おこんは、腹立たしげに告げた。

「閉じ籠っている……」

島村は戸惑った。

「はい。南町奉行所のお役人たちに取り囲まれていますよ」

「何だと……」

島村は眉をひそめた。

「それで、私に……」

「おこん、仔細を話せ……」

島村は、おこんに厳しい冷徹な眼を向けた。

「は、はい……」

おこんは怯えた。

土屋家用人島村九郎兵衛は、おこんを炭小屋に閉じ込め、主の土屋織部正の許に急いだ。

旗本土屋織部正は、家来の相良与一郎が毒薬を手に入れる命令を果たす為、町医者の家に閉じ籠り、南町奉行所の役人に取り囲まれていると知って愕然とした。

「相良与一郎……」

土屋は、怒りと恐怖に震えた。

「鳥兜欲しさに町医者の家に押込み、閉じ籠るとは、忠義さと律儀さを買って命じたのが、仇になったようですな」

島村は、冷笑を浮かべた。

「どうする。島村、此のままでは相良が我が家来と知れ、儂や土屋家にもどのようなお咎《とが》めがあるか……」

土屋は、恐怖に震えた。

「そして、鳥兜の使い道が知れれば、下手をすれば切腹……」

「どうする島村、どうすれば良いのだ」

土屋は焦った。

「はい。先ずは一刻も早く相良与一郎を家中から放逐《ほうちく》し、土屋家と拘りなき者とする……」

「うむ……」

「そして、秘かに亡き者とし、何もかも闇に葬るしかありますまい」

島村は、冷ややかに告げた。

「わ、分かった、島村。任せる。良きように始末しろ」

土屋は命じた。

島村九郎兵衛は、腹心の配下速水《はやみ》又四郎《またしろう》と小者の利助《りすけ》を従えて元浜町に向かった。


由松は、土屋屋敷から出掛けて行く二人の武士と小者を見送った。

おこんはどうした……。

由松は、出て来ないおこんに戸惑い、微かな不安を感じた。

鳥兜を届けたおこんは、土屋家にとっては既に用のない者だ。

まさか……。

由松は、おこんの安否を見定める手立てを思案した。

元浜町の立石施療院に動きはなかった。

和馬は、幸吉、勇次、新八たちと立石施療院を取り囲み、中の様子を窺っていた。

相良与一郎と玄庵は、診察室に入ったままだった。

久蔵は、繋ぎ役の清吉を傍に置いて事態を見守っていた。

相良が日暮れ迄に玄庵を解放し、出て来なければ踏み込む……。

久蔵は、そう決めていた。

「秋山さま……」

源吾が、息も絶え絶えに駆け寄って来た。

「おう。戻ったか……」

「はい……」

源吾は、苦しく息を鳴らして頷いた。

「よし。一息つけ。清吉、和馬と柳橋を呼んで来てくれ」

「はい……」

清吉は、和馬と幸吉の許に走った。

和馬と幸吉は、久蔵の許に駆け寄った。

「さあ、源吾、分かった事を話してみな」

久蔵は、息の整った源吾を促した。

「はい。おこんは、三河町の本道医宗方道春から鳥兜を買い、小石川にある旗本土屋織部正さまの屋敷に行きました」

「旗本の土屋織部正の屋敷だと……」

久蔵は念を押した。

「はい……」

「秋山さま……」

和馬は眉をひそめた。

「ああ。此の閉じ籠り、いろいろ面白そうな事が隠されているようだ……」

久蔵は、不敵な笑みを浮かべた。

三

「して源吾、おこんはどうした……」

久蔵は尋ねた。

「それが、土屋屋敷に入ったままです」

源吾は、微かな困惑を浮かべた。

「入ったまま……」

久蔵は、厳しさを滲ませた。

「源吾の旦那、由松は……」

幸吉は尋ねた。

「土屋屋敷を見張っている」

「そうですか。秋山さま、おこんの事は由松が探っているでしょう」

幸吉は読んだ。

「うむ……」

久蔵は頷いた。

「で、秋山さま、旗本の土屋織部正さまとはどのような方ですか……」

和馬は眉をひそめた。

「うむ。確か四千石取りの旗本でな。元は十四人いる御側衆の一人だったが、今は御役御免となって寄合の筈だ」

久蔵は告げた。

〝御側衆〟とは、将軍へのお心添えをする役目とされている。

「じゃあ、閉じ籠っている相良与一郎は、その土屋織部正の家来ですか……」

源吾は睨んだ。

「うむ。おそらく相良与一郎は主の土屋織部正の命を受け、鳥兜か石見銀山を手に入れようとしたのだ……」

久蔵は読んだ。

「だが、身許や使い道のはっきりしない者に毒を売ってくれる店は容易に見付からず、相良は焦り、困り果てて玄庵の立石施療院を訪れ、鳥兜か石見銀山があれば売ってくれと頼んだ。しかし、断られ、追い出そうとした医生の松本を斬り、玄庵を人質にして閉じ籠った……」

和馬は読んだ。

「うむ。和馬の読みに間違いはあるまい……」

久蔵は頷いた。

「で、源吾の旦那、おこんは三河町の宗方道春から買った鳥兜を土屋織部正さまに届けたんですね」

幸吉は念を押した。

「うん。きっとな……」

源吾は頷いた。

「それにしても土屋織部正、手に入れた鳥兜を何に使う気ですかね」

和馬は眉をひそめた。

「その前に、相良与一郎をどうするかだ……」

「相良与一郎を……」

「うむ。土屋織部正、相良与一郎が人を斬り、人質を取って閉じ籠ったのは、おこんから聞いた筈だ」

「ええ……」

「閉じ籠りが公儀に知れれば、相良与一郎は勿論、主の旗本も只では済まぬ。それも、主の言い付けで鳥兜を手に入れる為だったとなると な……」

久蔵は、冷たく笑った。

「じゃあ、土屋さまにとって家来の相良与一郎は、もう邪魔者ですか……」

幸吉は、厳しさを浮かべた。

「うむ。さあて、土屋織部正、どう出るか……」

久蔵は、想いを巡らせた。

土屋屋敷には緊張感が漂っていた。

緊張感は、おこんが来て二人の武士と小者が出掛けてからだ……。

由松は、おこんと屋敷内の様子を何とか知ろうとした。

土屋屋敷の裏門から中間が出て来た。

中間は、屋敷内を気にしながら足早に菊坂台町に向かった。

よし……。

由松は追った。


中間は、菊坂台町の酒屋に入り、一升徳利の酒を買って風呂敷に包んだ。

酒を買いに来た……。

由松は見守った。

中間は、湯呑茶碗一杯の酒を立飲みし、一升徳利の風呂敷包みを持って土屋屋敷に戻り始めた。

かなりの酒好きだ……。

由松は苦笑し、追った。そして、戻る途中に潰れた荒物屋があったのを思い出した。

やるならあそこだ……。

由松は、懐の萬力鎖を握り締めた。

中間は、一升徳利の風呂敷包みを手にして潰れた荒物屋の前に差し掛かった。

「おい、兄い……」

由松は、中間を呼び止めた。

中間は、立ち止まって振り返った。

由松は駆け寄った。

「やあ……」

由松は笑い掛けた。

「俺に何か用かい……」

中間は、由松に怪訝な眼を向けた。

「うん。おこんは無事かい……」

由松は、小細工なしで尋ねた。

「おこん……」

中間は戸惑った。

「ああ、厚化粧の年増だ……」

「何だ、手前……」

中間は、眉根を寄せて凄《すご》んだ。

次の瞬間、由松は中間に飛び掛かり、萬力鎖を首に巻き付けた。

中間は、仰け反り踠いた。

由松は、そのまま中間を潰れた荒物屋の路地に引き摺り込んだ。

中間は仰け反りながらも、一升徳利の風呂敷包みを大事に抱えて引き摺り込まれた。


潰れた荒物屋の裏の井戸端は、雑草が伸び放題に荒れていた。

中間は、風呂敷包みを両手で抱えて庇いながら両膝をついた。

「大事な酒か……」

由松は嘲りを浮かべ、風呂敷包みを狙って萬力鎖を廻した。

萬力鎖は廻り、風呂敷包みの傍で唸りをあげた。

「ああ、止めろ、止めてくれ……」

中間は、血相を変えて風呂敷に包んだ一升徳利を抱えた。

「おこんは無事か……」

由松は問い質した。

「ああ。御屋敷の炭小屋に閉じ込められている」

中間は、風呂敷包みを庇った。

「炭小屋……」

由松は、おこんの無事を知った。

「ああ……」

「で、お前の名は……」

「吉造《きちぞう》だ」

「よし。吉造、此の事は誰にも云うんじゃあねえ。お前が黙っている限り、俺もお前が酒を惜しんでおこんの事を喋《しゃべ》ったとは云わねえ。いいな」

由松は脅し、念を押した。

「分かった……」

吉造は、風呂敷包みを抱えて頷いた。

「吉造、お前、渡り中間か……」

「ああ……」

吉造は頷いた。

〝渡り中間〟とは、口入屋の口利きで必要な時、必要なだけ雇われる中間であり、奉公先に対する忠義心などない。

いざと云う時、使えるかもしれない……。

由松は笑った。


旗本土屋織部正は、邪魔者となった家来の相良与一郎をどうするのか……。

久蔵は、橘町の自身番に腰を据えて想いを巡らせた。

既に放逐し、土屋家とは拘りのない浪人にしたのかもしれない。だが、相良が鳥兜の事を知っている限り、土屋織部正の安泰はない。

刺客《しかく》を放ち、土屋家の名を汚す乱心者として始末し、口を封じるしかないのだ。

久蔵は読んだ。

その前に、相良与一郎の身柄を押さえる……。

久蔵は決めた。

「秋山さま……」

清吉が久蔵に駆け寄った。

「旗本土屋織部正さま御家中の方がお逢いしたいと……」

清吉は、緊張した面持ちで告げた。

「来たか……」

久蔵は笑った。

「はい……」

「よし。呼んでくれ」

久蔵は命じた。


「拙者、旗本土屋家用人島村九郎兵衛です」

島村九郎兵衛は、厳しい面持ちで己の名と身分を告げた。

「私は南町奉行所吟味方与力秋山久蔵……」

久蔵は、島村を迎えた。

「秋山久蔵どのですか……」

島村は、久蔵の名を知っていたのか、僅かに眉をひそめた。

「左様。して、御用件は……」

久蔵は促した。

「それなのですが、此方で若い浪人が、人質を取って閉じ籠っていると聞きましたが、まことですか」

島村は惚けた。

「如何にも……」

久蔵は頷き、島村の出方を窺った。

「して、その浪人の名や素性は……」

「名は相良与一郎、大身旗本家家中の者だそうだが……」

「やはり、相良与一郎ですか……」

「御存知ですか……」

「ええ。かつて土屋家家中におり、不始末を起こしたので放逐した者です」

土屋家は、逸早く相良与一郎を放逐して浪人にしたのだ。

「ほう。土屋家家中の者ですか……」

久蔵は、島村を見据えた。

「いえ。今ではなく、かつてです……」

島村は、語気を強めた。

「そうかい……」

往生際の悪い汚ねえ真似だ……。

久蔵は苦笑した。

島村は戸惑った。

「島村さん、要は閉じ籠った相良与一郎、放逐したから土屋家には拘りねえと云いたいのだろう。違うかい……」

久蔵は、島村に笑い掛けた。

「あ、秋山どの……」

島村は眉をひそめた。

「心配は要らねえ。今の処、相良は土屋織部正さま家中の者だとは云っちゃあいねえよ」

「そ、そうですか……」

「だが、相良は鳥兜か石見銀山欲しさに押込み、閉じ籠った。だが、閉じ籠り先に鳥兜や石見銀山はなく、人質の玄庵の妾のおこんに調達に行かせた……」

「秋山どの……」

「島村さん、俺たちは調達に行ったおこんから眼を離しちゃあいないんだぜ」

久蔵は笑った。

「ならば……」

島村は、微かな焦りを滲ませた。

「ああ……」

久蔵は頷いた。

おこんの行方は知っている。下手な真似はするんじゃあねえ……。

久蔵は言外に匂わせ、島村を冷たく見据えた。


島村九郎兵衛は立ち去った。

久蔵は見送り、集まっている野次馬たちを見廻した。

野次馬たちは、立石施療院を指差して面白可笑しそうに囁き合っていた。

そうした野次馬の背後には、自身番の前に佇む久蔵から素早く眼を逸らした武士と町方の者がいた。

久蔵は見逃さなかった。

眼を逸らした武士と町方の者は、野次馬たちの背後から立ち去って行った。

土屋家用人島村九郎兵衛の配下……。

久蔵は睨んだ。

相良与一郎の口を封じる気か……。

久蔵は、島村九郎兵衛の腹の内を読んだ。

「よし……」

久蔵は、立石施療院の戸口の傍にいる和馬と幸吉の許に向かった。

「何か……」

和馬と幸吉は、やって来た久蔵に怪訝な眼を向けた。

「今、土屋家の用人の島村九郎兵衛が来た」

「土屋家の用人……」

和馬は眉をひそめた。

「ああ。どうやら潮時のようだ。和馬と柳橋は表から相良の気を引いてくれ。その隙に俺が裏から忍び込む……」

久蔵は告げた。

「はい。じゃあ、秋山さまが相良を押さえた時、俺たちが表から踏み込みます」

和馬は告げた。

「それには及ばねえ……」

久蔵は笑った。

久蔵は、清吉を従えて源吾、勇次、新八の見張っている立石施療院の裏に廻った。

裏には勝手口を固める源吾、勇次、新八の他に人影はなかった。

「秋山さま……」

源吾、勇次、新八は久蔵を迎えた。

「うむ……」

久蔵は、踏み込む事を告げ、その後の手筈を告げた。

「分かりました……」

源吾、勇次、新八は、喉を鳴らして頷いた。

「和馬の旦那……」

幸吉は囁いた。

「よし……」

和馬は頷き、戸口から立石施療院の中を窺った。

幸吉は見守った。

「相良与一郎……」

和馬は、診察室にいる相良与一郎に声を掛けた。

「な、何だ……」

相良は、玄庵の首に刀を突き付け、診察室から現れた。

玄庵は、疲れ果てて今にも倒れんばかりだった。

「おこんが三河町の宗方道春から鳥兜を買って小石川の土屋屋敷に届けたそうだ」

和馬は告げた。

「ほ、本当か……」

相良は声を弾ませた。

「ああ。本当だ。用人の島村九郎兵衛に渡したそうだ」

「島村さまに……」

相良は安堵し、思わず玄庵の首に突き付けていた刀を下ろした。

刹那、久蔵が背後から現れ、相良の刀を握る手を摑んだ。

相良は狼狽え、刀を振り廻そうとした。

久蔵は、相良の刀を握る手を鋭く捻った。

相良は激痛に顔を歪め、思わず刀を落とした。

久蔵は、相良の脾腹に拳を鋭く叩き込んだ。

相良は苦しく呻き、気を失って崩れ落ちた。

一瞬の出来事だった。

相良は倒れ、玄庵は呆然とその場にへたり込んだ。

和馬と幸吉は見届け、素早く元の場所に戻った。

裏口から清吉が現れ、気を失って倒れている相良に縄を打った。

「怪我はないか、玄庵……」

久蔵は、へたり込んでいる玄庵に笑い掛けた。

「は、はい。お陰さまで……」

玄庵は、満面に安堵を浮かべた。

「よし。ならば、もう少し付き合って貰うぞ」

「えっ……」

玄庵は戸惑った。

「秋山さま……」

清吉が、相良を縛り終えた。

「よし。清吉、相良を診察室に運んで見張っていろ」

久蔵は命じた。

「承知しました」

清吉は、気を失っている相良を診察室に運び込んだ。

「さあ、玄庵、お前も診察室に入れ」

「は、はい……」

玄庵は、困惑しながらも頷いた。

久蔵は、玄庵を促して一緒に診察室に入った。

窓から夕陽が差し込み始めた。

浜町堀の流れに夕陽が映えた。

立石施療院の表は和馬と幸吉が固め、裏手は源吾、勇次、新八が見張り続けた。

閉じ籠りに変わった様子は窺えず、見物に飽きた野次馬たちは散り始めた。

四

夕陽は最後の輝きを放っていた。

浜町堀に架かっている汐見橋の南隣に千鳥橋がある。

その千鳥橋の袂の一膳飯屋には、土屋家用人島村九郎兵衛の腹心の配下速水又四郎が三人の浪人と酒を飲んでいた。

「速水さま……」

小者の利助が入って来た。

「どうだ……」

速水は尋ねた。

「はい。立石施療院の表と裏の見張りは同じ奴らで、変わった事はないようです」

「うむ。で、秋山久蔵は……」

「はい。南町奉行所に戻ったのか、何処にも姿は見えません」

利助は報せた。

「よし。ならば、一気に押込むか……」

髭面《ひげづら》の浪人が酒を呷った。

「うむ。おぬしたちは役人共を頼む。俺は施療院に踏み込み、相良与一郎を斬る……」

「心得た」

髭面の浪人は頷き、残る二人も続いた。


大禍時《おおまがとき》が訪れた。

浜町堀の空は青黒くなり、夜の闇に覆われる前の妖しさを漂わせた。

野次馬は散り、立石施療院の周りには和馬たちと自身番の者や木戸番たちがいるだけになった。

速水又四郎と三人の浪人は覆面をし、小者の利助は手拭で頬被りをした。そして、立石施療院の裏手に忍び寄った。

立石施療院の裏手には、源吾、勇次、新八が見張っていた。

三人の浪人たちは、刀を抜いて源吾、勇次、新八に襲い掛かった。

源吾、勇次、新八は、呼び子笛を吹き鳴らしながら散った。

速水又四郎と利助は、勝手口から立石施療院に踏み込んだ。

三人の浪人は続いた。


立石施療院の診察室には明かりが灯されていた。

速水又四郎と利助は、診察室に入った。

「おう。待ち兼ねたぜ……」

久蔵は、二尺弱の長さの鼻捻《はなねじ》を手にして文机に腰掛けていた。

〝鼻捻〟とは、元は馬を制御する為に鼻を縛る道具であり、手貫紐《てぬきひも》を付けた警棒と云える捕物道具だ。

「あ、秋山久蔵……」

速水は怯んだ。

「御苦労だな。島村の指図で相良与一郎の口を封じに来たのか……」

「お、おのれ……」

速水は、刀を抜き払った。

久蔵は、鼻捻を手にして立ち上がった。

速水は、久蔵に鋭く斬り付けた。

久蔵は、鼻捻で刀を跳ね上げた。

跳ね上げられた速水の刀の鋒《きっさき》が、天井に突き刺さった。

速水は、慌てて刀を抜こうとした。しかし、刀の鋒は思った以上に深く刺さっていて抜けなかった。

速水は狼狽えた。

「狭い家の中で段平《だんびら》を振り廻すとはな……」

久蔵は冷笑を浮かべ、速水の右肩を鼻捻で鋭く打ち据えた。

骨の折れる音が鳴り、速水はその場に昏倒した。

次の間から出て来た清吉が、昏倒している速水に縄を打った。

利助と三人の浪人は狼狽えた。

裏から源吾、勇次、新八、表から和馬と幸吉が入って来た。

「最早此迄だ。観念しな……」

久蔵は笑った。

利助と三人の浪人は囲まれ、診察室の隅に追い詰められた。

源吾、勇次、新八は、橘町の自身番の突棒、刺股、袖搦で追い詰めた利助と浪人たちを激しく突き、殴った。

利助は腹を突かれ、血を飛ばして倒れた。

三人の浪人は狼狽えた。

「どうせお縄になるなら、怪我をしない内が良いぜ。罪科も軽くなるしな」

和馬は笑った。

「お、おのれ……」

髭面の浪人は怒鳴り、刀を棄てて座り込んだ。

残る二人の浪人も続いた。

所詮、金で雇われた刺客仕事。浪人たちに忠義心は勿論、義理もなければ恩義もない。

「良い心懸けだぜ」

和馬は、素早い変わり身に感心した。

幸吉と源吾は、浪人たちの刀と利助の匕首を取り上げた。

勇次、新八、清吉は、三人の浪人に縄を打った。

久蔵は、次の間の襖を大きく開けた。

次の間には、縛られた相良与一郎と玄庵がいた。

「相良与一郎……」

久蔵は、呆然としている相良に呼び掛けた。

「は、はい……」

「此奴は、土屋家用人の島村九郎兵衛に命じられて、お前の口を封じに来たんだぜ」

久蔵は、昏倒している速水又四郎を示した。

「は、速水さま……」

相良は、昏倒している速水又四郎に気付いて愕然とした。

「相良、土屋織部正は既にお前を家中から放逐し、浪人とした。その上、土屋家に累が及び、鳥兜の事が公儀に知られるのを恐れ、お前の口を封じようとした」

久蔵は教えた。

相良は、言葉を失った。

「相良、気の毒だが、土屋織部正はお前の忠義など歯牙《しが》にも掛けちゃあいねえんだよ」

久蔵は、相良を哀れんだ。

相良は、無念そうに唇を噛んで項垂れた。

薄汚れた袴の上に涙が零れ落ちた。

律儀な若者を追い込みやがって……。

久蔵は、旗本土屋織部正に対する怒りを募らせた。

元浜町の閉じ籠り事件は終わった。


土屋屋敷は夜の闇に覆われていた。

由松は、辛抱強く見張り続けていた。

屋敷は、夜になってから騒《ざわ》めき、緊張に満ち溢れた。そして、何人かの家来が、厳しい面持ちで足早に出掛けて行った。

面倒が起きている……。

由松は読んだ。

「由松……」

幸吉が、久蔵や勇次とやって来た。

「こりゃあ親分、秋山さま……」

由松は迎えた。

「由松さん、代わります。休んで下さい」

勇次は告げた。

「おう。助かったぜ、勇次……」

由松は、勇次と見張りを交代した。

「御苦労だったな」

久蔵は労った。

「いいえ。で、閉じ籠りは片付きましたか……」

「うむ。医生の松本が怪我をしただけで済んだよ」

久蔵は告げた。

「そいつは良かった」

「それで、こっちはどうだ……」

幸吉は、夜の闇に覆われている土屋屋敷を眺めた。

「夜になってから、妙に騒めき、家来たちが出掛けたりし始めましたよ」

由松は告げた。

「速水又四郎と小者の利助が戻らないので狼狽えているんだろう」

久蔵は睨んだ。

「速水又四郎と利助ですか……」

由松は眉をひそめた。

「ああ……」

幸吉は、速水又四郎と利助が浪人たちを雇って相良与一郎の口を封じに現れ、お縄になった事を教えた。

「そうですか、馬鹿な真似をしやがって……」

由松は苦笑した。

「して由松、おこんはどうした」

久蔵は尋ねた。

「はい。おこんは屋敷の炭小屋に閉じ込められているそうです」

由松は、厳しい面持ちで告げた。

「炭小屋に……」

「ええ……」

「助け出せるかな……」

久蔵は、土屋屋敷を眺めた。

「さあ。相手は旗本屋敷ですからね……」

由松は、腹立たしげに土屋屋敷を睨んだ。

「おこんさえいなければ、土屋が鳥兜を手に入れたかどうか分からない……」

久蔵は読んだ。

「いざとなれば、おこんを始末して、鳥兜を持って姿を消した事にしますか……」

幸吉は眉をひそめた。

「そして、鳥兜など知らぬ存ぜぬですか……」

由松は吐き棄てた。

「おそらくな。その前に何とか助け出さなければ……」

久蔵は、微かな焦りを滲ませた。

「秋山さま、親分、土屋屋敷に吉造って酒好きの渡り中間がいます。そいつが使えるかもしれません」

「渡り中間の吉造か……」

「ええ……」

由松は頷いた。

「よし……」

久蔵は、不敵な笑みを浮かべた。

由松は、土屋屋敷の裏門に廻り、中間の吉造を呼び出した。

中間の吉造は、酒の匂いを漂わせて現れた。

「何だ、兄いか……」

吉造は眉をひそめた。

「吉造……」

由松は、吉造に小判を握らせた。

「あ、兄い……」

吉造は驚き、小判を固く握り締めた。

「ちょいと頼みがあってな。聞いてくれれば、もう一両だ」

由松は、もう一枚の小判を見せた。

「二両も……」

吉造は、思わず声を震わせた。

〝三一侍《さんぴん》〟と云う言葉がある。それは、一年に三両一人扶持の俸禄の身分の軽い侍を云った。それからも分かるように二両は大金だ。

「な、何の頼みですかい……」

吉造は、喉を鳴らした。

「頼み、聞いてくれるか……」

「ああ、此処の渡り中間も後一ヶ月だ。二両もくれるならどんな頼みでも聞きますぜ」

「そうかい……」

由松は苦笑した。


久蔵は、土屋屋敷の表門脇の潜り戸を叩いた。

潜り戸の覗き窓が開き、中間が顔を見せた。

「私は南町奉行所吟味方与力の秋山久蔵。土屋織部正さまに火急の用があって参上致した。速やかに取り次がれよ」

久蔵は、厳しい面持ちで告げた。

中間は、慌てて報せに走った。


土屋屋敷の書院には、灯されたばかりの燭台の火が揺れていた。

書院に通された久蔵は、土屋屋敷の様子を窺った。

土屋屋敷は、緊張感に満ち溢れていた。

久蔵は苦笑した。

土屋織部正と用人の島村九郎兵衛は、速水又四郎による相良与一郎の口封じが失敗したのに気が付いている筈だ。

おそらく書院の周囲には、家来たちが潜んでいる。

久蔵は読んだ。

それで良い……。

家来たちが集まれば集まる程、由松や幸吉たちのおこん救出は楽になる。

久蔵は、土屋織部正が来るのを待った。

「待たせたな……」

土屋織部正は、用人の島村九郎兵衛を従えて書院に現れた。

「土屋織部正さまにございますか……」

「左様……」

「夜分、畏れ入ります。南町奉行所吟味方与力秋山久蔵……」

「秋山……」

土屋は、苛立たしげに遮った。

「はい……」

久蔵は、土屋を見詰めた。

「挨拶は無用。火急の用件とは何だ」

土屋は、久蔵を居丈高に睨み付けた。

「ならばお尋ね致す。家中の相良与一郎、土屋さまの言い付けで調達に走った島兜、何にお使いになるのですかな」

久蔵は、笑顔で尋ねた。

「何……」

土屋は眉をひそめた。

「秋山どの、相良与一郎は既に土屋家から放逐し、当家とは拘りのない浪人。昼間、そう申した筈だが……」

用人の島村九郎兵衛は、久蔵を見詰めた。

「ならば何故、速水又四郎に相良を斬り棄て、口を封じろと命じたのだ」

久蔵は、島村に嘲笑を投げ掛けた。

「そ、それは……」

島村は、言葉に詰まった。

「土屋家家臣速水又四郎、閉じ籠りの相良与一郎の命を狙って襲ったと、既に御目付の榊原蔵人さまに御報せ致した……」

久蔵は冷たく告げた。

「め、目付に……」

島村は、久蔵の果断な動きに驚いた。

「お、おのれ……」

土屋は、顔色を変えた。

目付は旗本を支配監督する者であり、扱う一件は公儀評定所の扱いとなる。

土屋と島村主従は、激しく狼狽えた。

「鳥兜の使い道は只一つ、他人に盛ってその命を奪う。さあて、誰に盛るのか……」

久蔵は不敵に笑った。


由松、幸吉、勇次は、渡り中間の吉造の手引きで土屋屋敷に忍び込み、裏手にある炭小屋に向かった。

屋敷内の裏手に家来たちはいなかった。

「あそこですぜ……」

吉造は、土蔵や厩《うまや》の端にある小屋を示した。

「見張りの家来がいたが、御殿で何かあるのか、みんなそっちに行っちまって好都合だぜ」

吉造は笑った。

久蔵が書院で引き付けている……。

幸吉、由松、勇次は苦笑した。

「此処だぜ……」

吉造は、炭小屋の戸を開けた。

炭小屋の中には、月明かりが差し込んでいた。

幸吉、由松、勇次は炭小屋の中を見廻した。

炭小屋の中には、多くの炭俵が積まれていた。そして、炭俵の陰に女が倒れていた。

幸吉、由松、勇次は駆け寄った。

倒れていた女は、縛られ猿轡《さるぐつわ》を嚙まされた玄庵の妾のおこんだった。

「おこん……」

幸吉は、おこんの猿轡を外した。

「お、親分さん……」

おこんは、厚化粧の醜く崩れている顔で科《しな》を作った。


書院の周囲には、家来たちの潜む気配と殺気が溢れた。

久蔵は苦笑した。

屋敷の外から呼び子笛の音が響いた。

幸吉、由松、勇次たちが、おこんを無事に助け出した報せだった。

久蔵は知った。

「お、おのれ秋山、町奉行所与力の分際で……」

土屋は、顔を醜く歪めて怒りに震えた。

「左様、高が二百石の町奉行所与力。しかし、四千石の大身旗本と刺し違える覚悟はいつでも出来ている……」

久蔵は、土屋織部正を冷徹に見据えた。

土屋は、怒りに震えて脇差を握った。

「と、殿……」

島村は慌てて制した。

土屋は、怒りに震えて座を立ち、足音を乱暴に鳴らして立ち去った。

「ならば此で……」

久蔵は苦笑し、座を立とうとした。

刹那、二人の家来が次の間から現れ、久蔵に斬り掛かった。

久蔵は片膝立ちになり、刀を抜き打ちに放った。

閃光が走った。

斬り掛かった二人の家来は、腰や太股《ふともも》から血を飛ばして倒れた。

心形刀流の鮮やかな一刀だった。

島村と潜んでいる家来たちは、久蔵の見事な手練《てだれ》に呆然とした。

久蔵は立ち上がり、刀に拭《ぬぐ》いを掛けて鞘に納めた。

「早く手当てをしてやるんだな」

久蔵は、島村にそう云い残し、書院を出て悠然と式台に向かった。

書院と周囲に満ちていた緊張感は解き放たれ、大きく乱れた。

土屋屋敷の表門脇の潜り戸が開いた。

久蔵が出て来た。

「秋山さま……」

待っていた幸吉が駆け寄った。

「待たせたな……」

久蔵は笑みを浮かべた。

「いいえ……」

幸吉は、安堵の笑みを浮かべた。

「おこんは……」

「無事に、由松と勇次が連れて行きました」

幸吉は報せた。

「そうか……」

久蔵は頷き、幸吉と菊坂台町に向かった。

「で、土屋織部正さまは……」

「目付の榊原さまと相談するが、鳥兜をどうするのか見届ける為には、暫《しば》く付き合うしかあるまい……」

久蔵は苦笑した。

「御苦労な話ですね」

幸吉は眉をひそめた。

「仕方があるまい。此のままでは、閉じ籠められた玄庵や斬られた医生の松本とおこんは納得出来ぬだろう。それに相良与一郎が余りにも哀れだ……」

久蔵は、土屋家を放逐され口封じに命を狙われたと知った時の相良与一郎の哀しげな顔を思い出していた。


久蔵は、目付の榊原蔵人を相良与一郎と速水又四郎の詮議に立ち会わせた。

相良は、主の土屋織部正に手立てを選ばず鳥兜か石見銀山を手に入れろと命じられ、弾みで閉じ籠った事を自供した。そして、速水は土屋の意を受けた用人の島村九郎兵衛に相良の口封じを命じられたのを認めた。

久蔵は榊原におこんを引き合わせた。

おこんは、三河町の本道医宗方道春から鳥兜を買って土屋屋敷に届け、縛られて炭小屋に閉じ込められたと訴えた。

榊原は、一件を評定所扱いとして土屋織部正の詮議を始めた。

久蔵は、相良与一郎を町奉行所支配の浪人として詮議した。

相良は、神妙に詮議を受けた。

久蔵は、相良を追放刑に処して江戸から立ち去らせた。

相良与一郎は、久蔵に深々と頭を下げて姿を消した。


旗本土屋織部正、家臣の島村九郎兵衛と速水又四郎に対する評定所の詮議は、厳しく続けられた。

土屋は、鳥兜の存在を認めず、使い道を云わなかった。

島村と速水は、鳥兜の在処《ありか》と使い道を知らされていなかった。

久蔵は、榊原に呼ばれて屋敷に急いだ。

「何か……」

「はい。土屋織部正、急な病で死んだそうです」

榊原は、沈痛な面持ちで告げた。

「急な病で……」

久蔵は眉をひそめた。

「はい。病と申していますが、おそらく土屋織部正、毒を呷ったのでしょう」

榊原は読んだ。

「毒。鳥兜ですか……」

久蔵は睨んだ。

「ええ。土屋、鳥兜を何処に隠し持っていたのか……」

榊原は、腹立たしげに告げた。

「そうですか……」

土屋織部正は、自害する為に鳥兜を手に入れた訳ではない。

「結局の処、元御側衆の土屋織部正が鳥兜を誰に盛る企てだったかは、分からず仕舞いですね……」

榊原は、口惜しげに告げた。

「ええ……」

久蔵は頷いた。

「終わりましたね……」

和馬は、久蔵の盃に酒を注いだ。

「ああ……」

久蔵は、盃に満ちた酒を飲んだ。

「土屋、鳥兜を誰に盛るつもりだったのですかね」

和馬は、手酌で酒を飲んだ。

「元御側衆の土屋織部正だ。俺たちの思いも付かぬ者に盛ろうとしていたのかもな……」

久蔵は読んだ。

「まさかとは思いますが、ひょっとしたらひょっとしますか……」

和馬は、久蔵の反応を窺った。

「ああ、かもしれぬ……」

久蔵は、厳しい面持ちで頷いた。

「だとしたら……」

和馬は眉をひそめた。

「ま、土屋織部正、手に入れた鳥兜に一番良い役目を与えたと云えよう」

久蔵は、冷徹に云い放った。

旗本四千石土屋家は取り潰され、相良与一郎の閉じ籠りに秘められた真相は闇の彼方に葬られた。

この作品は「文春文庫」のために書き下ろされたものです。

文春文庫

騙《かた》り屋《や》
新《しん》・秋山久蔵《あきやまきゆうぞう》御《ご》用控《ようひかえ》（二）

定価はカバーに
表示してあります

2018年9月10日　第1刷

著　者　藤《ふじ》井《い》邦《くに》夫《お》
発行者　花田朋子
発行所　株式会社　文藝春秋

東京都千代田区紀尾井町 3-23　〒102-8008
TEL　03・3265・1211㈹
文藝春秋ホームページ　http://www.bunshun.co.jp
落丁、乱丁本は、お手数ですが小社製作部宛お送り下さい。送料小社負担でお取替致します。

印刷製本・大日本印刷
Printed in Japan
ISBN978-4-16-791142-3

文春文庫　藤井邦夫の本

（　）内は解説者。品切の節はご容赦下さい。

藤井邦夫
秋山久蔵御用控
神隠し
「剃刀」の異名を持つ、南町奉行所吟味方与力・秋山久蔵の活躍を描く、人気シリーズ第一作が文春文庫から登場。江戸の悪を、久蔵が斬る!!　多彩な脇役も光る。

ふ-30-6

藤井邦夫
秋山久蔵御用控
帰り花
南町奉行所与力・秋山久蔵の活躍を描くシリーズ第二作。久蔵の義父が辻斬りにあって殺された。調べを進めるとそこには不可解な謎が。亡妻の妹の無念を晴らすため久蔵が立ち上がる！

ふ-30-8

藤井邦夫
秋山久蔵御用控
迷子石
〝迷子石〟に、尋ね人の札を貼る兄妹がいた。探しているのは、押し込みを働き追われる父。探索を進める久蔵は、押し込み犯の背後にさらに憎むべき悪党がいると睨む。シリーズ第三弾。

ふ-30-9

藤井邦夫
秋山久蔵御用控
埋《うず》み火《び》
掘割に袋物屋の内儀の死体が上がった。内儀は入り婿と離縁しておりそれが原因と思われたが、元夫は係わりがないらしい。久蔵は、離縁の裏に潜んでいるものを探る。シリーズ第四弾。

ふ-30-10

藤井邦夫
秋山久蔵御用控
空《うつ》ろ蟬《ぜみ》
隠密廻り同心が斬殺された。久蔵は事件の真相を追って〝無法の地〟と呼ばれる八右衛門島に潜入した。そこで彼の前に現れた、伽羅の匂いを漂わせる謎の女は何者か。シリーズ第五弾。

ふ-30-12

藤井邦夫
秋山久蔵御用控
彼岸花
般若の面をつけた盗賊が、金貸しの屋敷に押し込み金を奪ったうえ主を惨殺した。久蔵は恨みによるものと睨むが…。夜盗の哀しみと〝剃刀久蔵〟の恩情裁きが胸を打つ、シリーズ第六弾。

ふ-30-13

藤井邦夫
秋山久蔵御用控
乱れ舞
浪人となった挙げ句に人を斬った幼な馴染みは、「公儀に恨みを晴らす」という言葉を遺して死んだ。友の無念に、〝剃刀〟久蔵は隠された悪を暴くことを誓う。人気シリーズ第七弾。

ふ-30-14

藤井邦夫
秋山久蔵御用控
花始末

往来ですれ違いざまに同心が殺された。久蔵はその手口から、人殺しを生業とする〝始末屋〟が絡んでいると睨み探索を進めるが、逆に手下の一人を殺されてしまう。シリーズ第八弾！

ふ-30-16

藤井邦夫
秋山久蔵御用控
騙《かた》り者《もの》

油問屋のお内儀が身投げした。御家人の秋山久蔵と名乗る男に脅された果てのことだという。事の真相は、そして自分の名を騙った者は誰なのか、久蔵が正体を暴き出す。シリーズ第九弾。

ふ-30-17

藤井邦夫
秋山久蔵御用控
赤い馬

付け火騒ぎが起き、同時に近くで押し込みがあった。現場付近には妙な雰囲気の女がいたという。はたして女は、火事騒ぎに乗じて押し込みを働く一味の仲間なのか。シリーズ第十弾！

ふ-30-18

藤井邦夫
秋山久蔵御用控
後添え

南町奉行所吟味方与力・秋山久蔵に、後添えの話が持ち上がった。秘かに思いを寄せていた久蔵の亡妻の妹・香織は、身を引く覚悟を固めるが……。急展開を告げるシリーズ第十一弾！

ふ-30-20

藤井邦夫
秋山久蔵御用控
隠し金

蜆売りの少年が殺された。遺体の横には「云わざる」の根付が落ちていた。〝三猿〟の根付に隠された秘密を剃刀久蔵が突き止める。人気シリーズ好評第十二弾！

ふ-30-21

藤井邦夫
秋山久蔵御用控
口封じ

錺職の男が鎌倉河岸で死体となって浮かんだ。奉行所は溺死と判断したが、殴られた跡があり、客ともめていたことを知った男の女房は、久蔵に真相究明を訴えた。シリーズ第十三弾！

ふ-30-24

藤井邦夫
秋山久蔵御用控
傀儡師《くぐつし》

心形刀流の使い手、「剃刀」と称され、悪人たちを震え上がらせる、南町奉行所吟味方与力・秋山久蔵の活躍を描くシリーズ十四弾が登場。何者にも媚びない男が江戸の悪を斬る!!

ふ-30-5